스켈레톤 마스터

WISHBOOKS GAME FANTASY STORY
더페이서 게임 판타지 장편소설

스켈레톤 마스터 7

더페이서 게임 판타지 장편소설

초판 1쇄 찍은 날 | 2018년 12월 18일
초판 1쇄 펴낸 날 | 2018년 12월 26일

지은이 | 더페이서
펴낸이 | 예경원

기획 | 위시북스
편집책임 | 이규재
편집 | 위시북스

펴낸곳 | 예원북스
등록번호 | 제396-2012-000132호
등록일자 | 2012. 7. 25
KFN | 제1-348호

주소 | 경기도 고양시 일산동구 호수로 646-24 위너스21II빌딩 206A호 (우)10401
전화 | 031-819-9431 팩스 | 031-817-9432
E-mail | yewonbooksnaver.com

ISBN 979-11-89701-10-9 04810
      979-11-89348-43-4 (set)

스켈레톤 마스터

7

WISHBOOKS GAME FANTASY STORY

더페이서 게임 판타지 장편소설

마스터

Wish Books

스켈레톤 마스터

⋯ CONTENTS ⋯

제1장
하야꾸 길드와의 악연

발시언 영감의 집 앞.

"스승님!"

문이 벌컥 하고 열렸다. 발시언 영감이 튀어나왔다.

"크흠, 또 왔냐?"

"네, 아직도 건강하시네요."

"당연하지! 들어오기나 해!"

"예."

안으로 들어간 무혁이 자리에 앉았다. 그러자 발시언 영감이 바닥에 놓인 지팡이를 들더니 무혁의 머리를 때렸다.

[100의 대미지를 입습니다.]

미간을 찌푸리며 머리를 만졌다.

"왜 때려요?"

"이놈이! 앉으라고 하지도 않았는데!"

자리에서 일어나자 발시언 영감이 고개를 주억거렸다.

"크흠, 앉거라."

"예."

"그래, 또 무슨 일이냐?"

"뭐, 인사도 드리고⋯⋯."

"인사는 무슨! 언제 인사를 온 적이나 있더냐?"

"하하, 죄송해요."

"뭐, 됐다! 본론이나 말해."

"전에 그러셨잖아요."

"내가 뭘!"

"더 강해지면 또 찾아오라고요."

발시언 영감의 눈동자에 흥미로움이 깃들었다. 언제나 눈앞에 있는 무혁은 예상보다 훨씬 빠르게 성장했었다.

과연 이번에도 그런 것일까?

발시언이 손을 뻗자 뿜어진 빛이 무혁을 휘감았고.

"흐음."

이내 고개를 끄덕인다.

"확실히 성장했군."

"그렇죠?"

"정말 빠른 속도야. 어떻게 그럴 수 있는 건지……."

"최선을 다했죠."

"싱겁기는."

그러면서 뒤쪽 상자를 열더니 책을 뒤적거렸다. 꽤 한참을 그러더니 하나의 책을 손에 쥐고서는 무혁을 쳐다봤다.

"옜다. 받아라."

무심한 듯, 시크하게 책을 내밀었다.

"감사합니다."

스킬북을 인벤토리에 넣은 후 발시언 영감과 이런저런 대화를 나눴다. 오랜만에 말동무나 되어줄 요량이었다.

"그랬나?"

"네, 저주받은 몬스터를 잡는 의뢰도 받았었는데……."

"오호, 드레이크를?"

"잘 아시네요?"

"크흠, 당연하지! 내가 한때는……."

정말 외로웠던 모양이다.

"심심하시죠?"

"무, 무슨 소리야!"

"그래 보이시는데……."

"크험, 아니다!"

무혁이 씨익 웃었다.

"조금만 있으면 아주 귀찮아지실 거예요."

"음? 무슨 소리냐?"

"그런 게 있어요."

머지않아 조폭 네크로맨서에 대한 정보가 공개될 테니까.

내가 먼저 공개할까나?

"흐음, 실없는 소리 그만하고 이제 가 보거라. 시간도 꽤 흘렀고."

"아······."

뒤늦게 상당한 시간이 흘렀음을 깨달았다.

"그럼 다음에 뵙겠습니다."

"크흠."

헛기침으로 인사를 대신하는 그를 잠시 바라보다 이내 등을 돌렸다. 발시언 영감의 집에서 나와 워프 게이트가 있는 방향으로 이동했다. 걸음을 옮기며 인벤토리에 손을 넣었다. 스킬북을 꺼내어 펼치자 빛이 뿜어지며 무혁을 삼켰다.

[스킬 '기마 훈련병 소환'을 습득합니다.]
[스킬 '스켈레톤 군마 소환'과 연계됩니다.]
[연계 스킬 '기마병 소환'이 생성됩니다.]

기마병 소환을 획득한 것이다.

[기마병 소환 1Lv(0%)]

기마 훈련병 소환과 스켈레톤 군마가 연계되면서 만들어진 스킬로 이미 훈련을 마친 진정한 의미의 기마병을 소환한다. 기술의 레벨이 높아질수록 소환 가능한 숫자와 10초당 소모되는 MP가 증가한다.

　-10초마다 소모되는 MP : 개체당 1

　한 마리긴 하지만 아주 만족스러웠다. 숫자는 시간이 해결해 줄 것이다.

　저벅.

　워프 게이트를 이용해 위브라 제국으로 향했고 광장에서 멍하니 있는 성민우에게 다가갔다.

　"뭐 하나?"

　"어? 왔냐?"

　"응, 바로 의뢰받고 가자."

　"어, 근데 너 그 얘기 들었어?"

　"뭐?"

　"좀 늦게 오기에 홈페이지나 구경했거든."

　"근데?"

　"정보 퍼졌더라."

　무혁이 고개를 갸웃거렸다.

　정보라니, 무슨?

　"소환수가 소환사 스탯에 영향을 받는 그거 있잖냐."

"아……!"

그 정보가 벌써 퍼질 때가 되었다는 사실에 새삼 감회가 새로웠다.

그렇구나. 1년이 지났네, 벌써.

"크으, 기존 유저들은 절망하겠는데?"

"아직 늦은 건 아니니까."

지금으로부터 10년이 지난다면? 아니, 5년만 지나도 어떻게 될까. 지금은 대단하게 느껴지는 100레벨의 유저가 그때는 초보자 소리를 듣게 될 것이다.

그렇기에 아직 늦지 않았다는 말은 결코 헛소리가 아니었다. 물론 그건 무혁의 입장이었고 현재 유저들의 상태는 혼란, 그 자체였다.

[제목 : 와, 이거 진짜예요?]

[내용 : 저 네크로맨서거든요. 근데 친구가 홈페이지 보라고 해서 왔는데 완전 난리네요. 아직도 안 믿겨서요. 확답 주실 분, 계신가요? 정말로 소환수가 본 캐릭터의 스탯에 영향을 받나요? 제가 힘을 올리면 소환수도 힘이 증가하는, 그런 시스템인 게 확실한 건가요?]

┗김대승 : 네, 맞아요. 확실합니다.

┗카무이 : 저도 네크로맨서라서 실험해 봤어요. 아이템을 힘 위주

로만 맞추면서 계산을 해보니까 대충 20프로 정도 적용이 되네요. 그러니까 캐릭터의 힘이 100이면 소환수한테 힘이 추가로 20이 붙는 거죠. 이해되셨죠?

   └리처드 : 헐, 20프로요? 대박이네.

   └카무이 : 뭐, 대박이긴 하죠. 기존 유저는 폭망. 신규 유저는 대박.

   └비비안 : 시발, 욕밖에 안 나온다.

비슷한 글이 끝도 없이 나타났다. 채팅방은 더 난리였다. 본래 채팅방을 사용하지 않던 유저도 호기심에 접속했다.

-와, 진짜 난감하네요.

-아니, 초반에 정보가 없으니까 이런 문제가 발생하죠. 일루전에 정식으로 항의해야 하는 거 아닌가요? 우린 뭐 빠지게 키웠는데 한마디로 말해서 망한 거잖아요?

-뭐, 꼭 그렇게 생각할 필요는 없지 않을까요. 나중에 마법을 사용하는 소환수가 등장하면 결국 지식을 올린 게 도움이 되는 거니까요. 그리고 알아보니 지혜가 높을수록 소환수도 똑똑해진다고 하더라고요. 이제부터라도 힘, 민, 체력이 투자하면 괜찮을 것 같은데요. 일루전이야 수십 년은 갈 테니 길게 보면 오히려 득이 될지도……?

-아, 다 필요 없음. 접음!

-네, 접으세요. 수고.

-다시 올 거 뻔히 보이는데요, 뭐.

-무시하죠.

-아무튼 기왕 밝혀진 정보이니 최대한 활용해야겠네요.

-당연하죠.

-에휴, 한숨밖에…….

소환 계열 직업은 한탄을.

-구경 잼.

-뭐, 아무튼 영향받으면 소환수 계열 직업은 더 세지는 거네요.

-아니, 시바. 그게 무슨…….

-몰랐던 정보가 밝혀진 거긴 한데, 아무튼 이제 그 정보를 활용할 테니 상향이라고 봐도 무방하죠. 근접 계열도 숨겨진 정보 같은 거 없으려나. ㅋㅋ

다른 직업의 유저들은 호기심을 보였다. 갈수록 열기를 더했고 좀처럼 수그러들지 않았다. 아마도 꽤 오랫동안 이슈가 될 것 같았다.

푸른 초원에 도착했다.

"여기야?"

"어."

먼저 스켈레톤들을 소환했다.

총 51마리의 스켈레톤이 무혁의 주변에 나타났다.

"볼 때마다 대단하다, 진짜."

"뭐가?"

"그 엄청난 숫자 말이야."

"좀 많기는 하지."

"가만 보면 진짜 네크로맨서가 사기란 말이야."

무혁이 덤덤하게 웃었다.

지금처럼 키우기 위해서는 엄청난 정보가 필요하다. 아무리 게임에 천재라도 무혁과 같은 정보가 없다면 이렇게 키우는 건 불가능하다고 확신할 수 있었다.

"뭐, 물론 쉽진 않겠지만."

성민우의 이어진 말에 무혁이 의외란 표정을 지었다.

"그 표정은 뭐냐?"

"아니, 그냥."

"내가 바본 줄 알아? 어디서 정보를 구해오는지는 모르겠지만 평범한 유저라면 그런 정보를 알 수가 없잖아."

"그렇지."

"그럼 너처럼 키우는 것도 불가능한 거고."

그때 목표물이 나타났다.

"고맙다."

"음?"

"덕분에 잘 키우고 있잖아, 정령들."

"아아."

무혁은 괜히 머쓱해져서 얼버무렸다. 그 모습을 보던 성민우가 허허거리며 웃었다.

"뭐, 그럼 이제 사냥이나 해볼까."

"좋지."

저벅저벅 앞으로 나아갔다. 거리가 좁혀지면서 몬스터의 모습이 제대로 눈에 들어왔다. 보통의 여우와 그리 다르지 않은 생김새를 지니고 있었다.

겉모습에 방심을 유발하는 마력을 지닌 녀석이 바로 102레벨의 몬스터, 이미호였다. 이름에서 알 수 있듯 꼬리는 두 개가 달렸고 전신의 털은 새하얀 구름처럼 몹시 순수했다.

그 아름다움과 어울리지 않는 파괴적인 마법이 두 개의 꼬리에서 뿜어지지만, 그 외에는 경계해야 할 게 없었다.

무난한 몬스터라고나 할까. 하지만 성격은 꽤 있어서 도발하면 쉽게 넘어오는 구석이 있었다.

풍폭, 강력한 활쏘기로 화살을 쏘아 타격하자.

파앙!

여우 특유의 소리를 지르며 날렵하게 거리를 좁혀왔다.

키아아아악!

동시에 8마리의 강화뼈와 12마리의 검뼈, 한 마리의 부르탄,

그리고 기마병이 앞으로 나섰다.

　가장 속도가 빠른 기마병이 랜스를 들고 저돌적으로 돌격했다. 달려오던 이미호의 긴 손톱과 부딪히며 쇳소리를 울렸다. 그대로 이미호를 지나친 기마병이 선회했을 땐 스켈레톤 전사들이 이미호를 포위하고 있었다.

　뒤에선 궁수 스켈레톤들이 뼈 화살을 쏘고 11마리의 메이지는 마법 공격을 준비하고 있었다.

　얼마 지나지 않아 메이지의 마법이 쏟아졌고.

　콰콰콰콰광!

　선회한 기마병이 다시 이미호에게 돌진했다.

　랜스가 이미호의 등을 가격했다.

　콰앙!

　꽤 강한 충격을 받았는지 이미호가 허공으로 떠올랐다. 그 순간, 부르탄이 기파를 쏘았고 피할 공간이 없었던 이미호는 기파를 맞고 바닥으로 떨어졌다. 감각을 잃었는지 비틀거리며 몸을 일으켰다가 다시 쓰러지길 반복했다.

　"후아, 나도 좀 놀아보자고!"

　그때 성민우와 정령이 끼어들었다.

　키아아악!

　정신을 차린 이미호가 벌떡 일어나 꼬리를 흔들었다. 그러자 꼬리에서 불꽃이 일렁거리더니 주변으로 퍼졌다. 엄청난 폭발에 스켈레톤들이 뒤로 주르륵 밀려났다. 놈의 발광이 시작되었으나 오래가지는 못했다. 부르탄의 기파에 맞아 다시 한 번 바닥으로 고꾸라진 것이다.

"와, 그 스킬은 진짜 사기다……."

"인정."

몇 번 반복한 덕분에 어렵지 않게 놈을 잡을 수 있었다.

[경험치가 상승합니다.]

[이미호 처치(1/280)]

MP가 꽤 떨어져서 휴식을 취하기로 했다.

"3분만 쉬자."

"오케이."

그 순간 뒤쪽에서 한 무리가 다가와 싸가지 없는 말투로 무혁과 성민우를 내려다보며 말했다.

"아 뭐야. 저기요, 님들. 여기 저희가 점령했거든요."

무혁이 스윽 고개를 들었다.

"뭐라고 했죠?"

"여기 저희 길드가 점령했으니 다른 사냥터로 가라구요."

"의뢰 중입니다만."

"그건 저희가 알 바 없고요."

"……."

현재 무혁의 강함은 어느 수준일까. 레벨은 100에 랭킹은

97위다. 게다가 이미 그런 순위가 무의미할 정도로 아득한 강함을 지니고 있었다.

지금까지 최대한 정체를 숨긴 것은 힘이 부족했기 때문이다. 지금은 더 이상 걸어오는 싸움을 피할 생각이 없었다.

"안 가고 뭐 해요?"

"아, 어서 가세요. 어서!"

무혁이 몸을 일으켰다.

"싫다면?"

그 말과 함께 일단의 무리들을 노려봤다. 순간 살벌한 분위기가 찾아들었다.

싫다면?

그 말을 이 자리 모두가 들었지만 바로 싸움이 벌어지지는 않았다. 덩치가 꽤 있는 남성 유저가 무혁에게 다가왔다.

"저기요. 대규모 길드에 소속이라도 되어 있나 본데요. 저희가 이미 대규모 길드하고는 이야기를 끝냈거든요?"

"그래서?"

"하아. 그래서가 아니라, 대규모 길드 소속이라도. 그냥 물러나는 게 좋을 거라는 말이죠. 아, 말 나온 김에 물어보죠. 도대체 어느 길드예요?"

"길드?"

"네, 어느 길드 소속이냐고요."

"없다면?"

"뭐……?"

그 말에 사내의 얼굴이 찌푸려졌다.

"길드 소속이 아니라고? 지금 길드 없다고 한 거 맞지?"

"어, 맞는 거 같은데?"

"시발, 그럼 병신인 거잖아!"

"와, 이 아저씨 웃기네."

반응이 가관이었다. 누군가는 어이가 없다는 표정을 지었고 누군가는 재밌는 장난감을 발견한 것처럼 눈을 빛냈다. 또, 흥미롭게 쳐다보는 유저도 있었고 일부는 미간을 찌푸리며 무기를 만지작거렸다.

스윽.

그때 꽤 어려 보이는 사내가 나서더니 무혁의 어깨를 툭 하고 쳤다.

"저기요, 님."

싸늘한 어투로 계속해서 어깨를 밀었다.

"꺼지시라구요."

"……"

"그래도 아저씨처럼 보여서 말 높여주는 거예요. 알겠어요? 그러니까 아저씨, 꺼지세요. 아셨죠? 제 말 이해되죠?"

뒤쪽에서 웃음이 터졌다.

"야, 야. 적당히 해라."

"그래, 쫄아서 오줌이라도 지리면 어쩌려고 그러냐?"

"푸흡."

그 모습을 보며 무혁이 비릿하게 웃었다.

"병신들."

"뭐……?"

이미 저들은 실수를 했다. 무혁의 몸을 건드렸다는 것.

[……공격을 받았습니다.]

['하야꾸' 길드와 적대 관계에 돌입합니다.]

[정당방위가 적용됩니다.]

알림창을 확인한 무혁의 눈동자가 차갑게 가라앉는다. 이미 정당방위가 적용된 상태였기에 더 이상 저런 더러운 말을 들어줄 필요가 없었다.

한 걸음 앞으로 나아가며 손에 든 활을 휘둘렀다. 그러자 활이 검으로 변하며 눈앞 유저의 어깨를 잘라 버렸다.

갑옷이나 투구로 보호받지 못하는 결합 부위의 아주 미세한 틈을 노렸는데 성공한 것이다.

털썩.

잘려 나간 팔이 바닥으로 떨어졌다.

꿈틀거리는 모습.

"으, 으어어어……!"

일루전에서는 몬스터에게 맞아도 툭 하고 건드린 느낌의 아주 작은 고통만 받는다. 하지만 팔이 잘려 나간다면, 생각보다 큰 통증을 느끼지 않을까?

적어도 현실에서 누군가가 주먹으로 어깨를 가볍게 타격한 수준은 될 것이다.

그 통증에 더해서 잘린 팔이 바닥에서 꿈틀거리는 모습을 본다면 어떨까? 아무리 게임에서 몬스터를 많이 죽인 유저라도 자신의 상처에 대해서는 민감할 수밖에 없다. 특히 신체를 잘려본 경험이 없다면 더더욱 혼란스러울 것이다.

지금 사내가 그러했다.

당황스러운 표정, 흔들리는 동공. 어찌해야 할지 모르는 어수룩한 모습이었다.

무혁은 무심한 표정으로 다시 한번 검을 휘둘러 반대쪽 팔마저 잘라 버렸다. 이미 바닥에 떨어졌던 팔은 사라진 지 오래였지만 사내는 혼돈에 빠져 제정신을 차리지 못했다.

"수, 수환아!"

"야, 정신 차려!"

"저 새끼가⋯⋯!"

몇 명은 수환이라는 유저에게 다가갔고 나머지는 무혁에게 달려들었다.

"야, 저 새끼 조져!"

"시발!"

무혁도 본격적으로 대응하기로 했다.

"스켈레톤 소환."

순식간에 51마리의 소환수가 등장했다.

키릭, 키리릭.

그 모습을 본 상대편이 움찔거렸다.

"뭐, 뭐야!"

성민우도 정령을 소환하자 소환수만 55마리가 되었다. 뒤쪽에 있던 성민우가 목을 좌우고 꺾으며 앞으로 나섰다.

"제대로 싸울 거지?"

"어."

성민우의 질문에 짧게 대답해 줬다.

"좋아, 지금까지 많이 참았다. 스트레스 한번 풀어보자!"

무혁도 웃으며 명령을 내렸다.

부르탄, 기파. 메이지, 마법 공격. 강활, 활뼈 연사!

키아아아악!

상당한 범위를 자랑하는 부르탄의 기파는 피하기가 어려웠다. 일부는 방패로 막았지만 대부분은 갑작스러운 공격에 반응하지 못했다.

이어서 11마리 메이지의 마법 공격이 그들을 휩쓸었고 뒤이어 뼈 화살이 그들의 신체 곳곳에 박혔다.

"이, 이런 시발!"

"힐!"

"크윽, 뭐야!"

"누가 좀 나서 봐!"

대부분이 혼란을 이겨내지 못했다.

누군가는 벌써 죽었고.

"대쉬! 어택!"

"파워 샷!"

그 와중에도 몇 명이 공격을 시도했지만 강화뼈의 방패에 허무하게 막혀 버렸다.

그 어떤 공격도, 어떤 유저도, 무혁에게 도달하지 못했다.

하지만 풍폭을 동반한 강력한 활쏘기는 겨우 한 대의 화살 이었지만, 그들의 혼을 빼놓기에 충분했다.

콰아앙!

[701의 대미지를 입힙니다.]
[1,330의 추가 대미지를 입힙니다.]

"미친……!"

화살에 꿰뚫린 사제가 회색빛으로 물들며 사라졌다.

강화뼈, 검뼈 전원 돌격.

스켈레톤들이 바닥을 찍으며 나아간다. 어느새 다섯 명만 남은 적대 유저. 그들은 파도에 휩쓸린 모래처럼 이리저리 흔 들리다 소리 없이 사라졌다.

"후우."

깔끔하게 정리를 한 것이다.

"크, 완전 재밌는데?"

"너무 빠지진 말고."

"당연하지. 나는 정의로운 PK만 할 거니까!"

무혁이 고개를 절레절레 흔들었다.

그때 성민우가 진지한 표정으로 물어왔다.

"참, 근데 이제 어쩔 거야?"

무혁의 눈빛이 순간 차가워졌다.

"흐음, 그 녀석들이 그냥 넘어가면 우리도 무시하고."

"아니면?"

"그럼 제대로 상대해 줘야지."

"크, 좋구만."

"혹시 모르니까 하야꾸 길드에 대해서 좀 알아보고 다시 사냥이나 하자."

"오케이."

둘은 게임에서 나가 하야꾸 길드를 조사하기 시작했다.

하야꾸 길드는 일본인들이 만든 길드로 엄청나게 큰 규모는 아니었지만, 작은 규모도 아니었다. 길드원만 600명이었고 상위 200명의 평균 레벨이 90초반, 그 아래 200명의 평균 레벨은 80초반, 나머지 200명은 유망주로 최소 레벨 50 이상의 유저였다.

대규모 길드에서 고개를 바싹 숙이고 작은 길드 앞에서는 빳빳하게 치켜드는 간신배 같은 길드였는데 그 탓에 꽤 많은 원성을 사고 있었다. 물론 이런 길드가 워낙에 많아서 그들의 불만이 순식간에 묻혀 버리긴 했지만.

조금 더 찾아봤지만, 더 나오는 건 없었다.

흐음. 600명이라.

검색을 종료했다.

많은 수이긴 하지만 각자 해야 할 일이 있을 테니 그들이 한자리에 모이는 건 몹시 어려운 일일 것이다.

기껏해야 200명? 그렇게 많이 오면 도망치면 그뿐이다. 윈드 스텝이 있으니까. 그리고 각개격파를 시도한다.

생각만으로도 두근두근, 흥분되었다.

타악.

노트북을 덮은 후 캡슐에 누웠다.

[새로운 세상에 오신 것을 환영합니다.]

아직 성민우는 접속하지 않은 모양이었다.

후우웅.

5분 정도 더 기다리자 바람과 함께 성민우가 등장했다.

"왔냐?"

"어, 좀 찾아봤어?"

"응, 길드원은 총 600명. 그리고 평균 레벨 정도?"

"흐흐."

"그 웃음은 뭐냐."

성민우가 어깨를 으쓱거렸다.

"난 놈들이 주로 사냥하는 장소를 알아냈지."

"호오, 진짜?"

"당연히 진짜지! 보니까 하야꾸 길드 녀석들, 수시로 동영상을 올리더라고. 있는 거 다 살펴봤는데, 길드원 레벨에 따라서 정해진 사냥터가 있더라는 말씀!"

무혁이 성민우의 어깨를 두드려 줬다.

"잘했다."

"음하하하하!"

"그래도 지금은 아무 시비도 없으니 일단 의뢰나 하자."

"오케이!"

두 사람은 다시 이미호를 사냥했다.

키아아아악!

한 마리, 두 마리. 처치 수가 늘어났다.

잠시 후, 대략 50마리의 이미호를 처치했을 때였다.

"저 새끼들인가?"

"그런 것 같은데? 두 명에 스켈레톤까지."

"맞네."

뒤쪽에서 소란이 느껴졌다.

스윽.

고개를 돌리니 대략 서른 명의 유저가 강렬한 기세를 뿜어내며 다가오고 있었다.

성민우와 무혁이 서로를 바라보며 고개를 끄덕였다. 말하지 않아도 알 수 있었다.

하야꾸 길드, 그 녀석들일 것이다.

예상대로 그렇게 많은 수가 오지는 않았다.

저 정도라면…… 충분히 싸워볼 만하다고 여겼다.

"지금 우리 하야꾸 길드랑 적대 상태지?"

"어, 24시간은 지나야 풀려. 지금 또 싸우면 전투 종료를 기점으로 다시 24시간이 지나야 풀리는 거고."

"좋아. 그럼 그냥 치자고."

성민우가 웃으며 달려 나갔다.

파밧.

무혁도 윈드 스텝을 사용하여 놈들과 거리를 좁혔다. 순식간에 유저들 사이를 파고들어 사제복을 입고 있는 여성 유저의 얼굴을 검으로 그었다.

풍폭, 십자 베기. 검을 휘두르는 소리와 함께 압축된 공기가 터졌다. 동시에 십자 모양의 상처까지 새겨졌다.

[크리티컬이 터집니다.]

[1,105의 대미지를 입힙니다.]

[1,931의 추가 대미지를 입힙니다.]

크리티컬이 터졌다. 사제가 무방비로 얼굴을 내준 덕분이었다.

좋았어!

한 번에 3천에 HP를 깎은 덕분일까.

"어……?"

사제 유저의 몸이 흐릿해진다. 죽어버린 것이다.

"시발, 안 막고 뭐 해!"

"막으라고!"

하지만 이미 무혁은 뒤로 빠진 상태였다.

고개를 돌려 성민우가 밀어붙이고 있는 좌측을 확인했다. 충분히 잘 버티고 있었기에 우측을 먼저 노리기로 했다.

무혁이 시선을 돌리는 순간 각종 마법이 뿜어졌다. 메이지였다.

하야꾸 길드에 소속된 유저 전원이 어금니를 깨물며 방패를 내밀었다.

콰과과광!

팡, 파앙.

충격에 먼지가 치솟고, 뼈 화살이 허공을 수놓는다.

이후 16마리의 검뼈와 세 마리의 강화뼈를 전진시켰다. 강활과 활뼈에게는 보조를 맡겼고 무혁은 남은 다섯의 강화뼈와 부르탄을 어떻게 사용할지 잠시 고민했다.

서걱.

그 순간 등 뒤에서 차가운 느낌이 올라왔다.

[크리티컬이 터집니다.]
[1,320의 대미지를 입습니다.]

다급히 몸을 틀면서 뒤로 물러났으나 아무것도 보이지 않았다.

은신인 것 같은데.

그 순간 다섯 마리의 강화뼈와 한 마리의 기마병이 본래 무혁이 있던 자리로 돌진했다.

사방에서 돌진한 탓에 은신을 사용했다고 하더라도 피할 곳은 없으리라.

주시하던 무혁의 입매가 비틀어진다.

찾았다.

강화뼈 한 마리가 갑자기 무언가에 막힌 듯 움직이지 못하고 있었다. 은신이 풀렸는지 사내의 모습이 드러났고 무혁은 그를 직시하며 시위에 화살을 걸었다.

풍폭. 강력한 활쏘기. 화살이 날아가 그에게 꽂혔다.

사내의 눈이 커졌다.

아마도 대미지를 확인한 탓이리라. 무언가 하려고 들겠지.

그 시간조차 주지 않을 생각이었다.

공격.

주변에 있던 강화뼈가 더욱 거리를 좁히며 검을 내지르기 시작했다. 거기에 무혁까지 화살을 날리며 가세하니 사내 혼자서는 그 모든 공격을 막아낼 순 없었고 결국 얼마 버티지 못한 채 죽어버리고 말았다.

그제야 앞을 바라보는데 강화뼈는 근근이 버티고 있었고, 이미 절반의 검뼈가 역소환을 당한 상태였다.

파밧.

거리를 좁힌 무혁이 부르탄에게 명령했다.

키아아아악!

기파가 뻗어 나갔다. 몇 명은 방패로 막아냈지만, 대부분은 그대로 휩쓸려 버리고 말았다.

"크헙……!"

"어, 어지러워."

"시발……."

"뭐야, 이거……!"

무혁은 비틀거리며 넘어지는 이들을 향해 다가갔다.

저벅.

어느새 활에서 검으로 바뀌어 버린 무기를 다시 한번 강하게 그러쥐며 위에서 아래로 내려찍었다.

손을 타고 올라오는 진득한 감각.

푸욱.

이젠 익숙해져 버린 그 감각을 떨쳐 내며 다시 한번 검을 내리꽂았다.

[크리티컬이 터집니다.]

한 명, 두 명, 그리고 세 명의 유저를 죽였다.

"시, 시바……!"

그 순간 어지러움이 사라졌는지 몇 명의 유저가 다급히 몸을 일으키더니 무혁에게 쇄도했다. 무혁이 다가오는 유저를 보고 뒤로 물러나자, 강화뼈 세 마리가 그 자리를 메우며 방패로 그들을 저지했다.

"아, 시발! 꺼지라고!"

"스켈레톤 따위가!"

무혁은 시위에 화살을 걸었다.

파앙!

쏘아진 화살이 유저에게 꽂혔고.

"으아아아아악! 시발. 저 개새, 죽이고 만다!"

"그럼 안 죽이려고 했냐?"

무혁의 도발에 눈이 뒤집혔다.

"죽여, 죽이라고!"

하지만 쉽게 잡을 수 있을 리가 없었다. 유저들이 따라가려고만 하면 강화뼈나 검뼈가 길을 막아버렸다. 순간순간 날아오는 화살이 얼마나 매서운지 얼마 지나지 않아 무혁을 쫓던 이들의 HP가 바닥으로 떨어졌다.

흥분에 눈이 멀어버린 그들은 남은 HP도 확인하지 못한 채 같은 실수를 반복했고.

메이지1, 2, 3 마법.

세 마리 메이지의 마법 공격에 먼지로 화했다.

스윽.

남은 적대 유저는 대략 15명.

무혁의 궁수와 메이지는 아무런 피해도 없었지만 강화뼈와 검뼈의 피해가 상당히 컸다. 강화뼈 세 마리, 검뼈는 무려 12마리나 역소환을 당해버렸다.

물론 성민우가 강화뼈와 검뼈를 방패로 삼은 낮이었지만 그건 어쩔 수 없었다. 일단 성민우는 살아야 했으니까.

뭐, 이 정도면, 그래도 불만족스러울 정도는 아니었다.

충분해.

잔당을 처리하기 위해 다시 무혁이 움직였다.

전투의 흔적은 꽤나 처참했다.

"시, 시발. 두고 봐. 너흰 척살령……"

마지막 유저의 목을 그었다.

스켈레톤 메이지가 셋, 궁수가 넷. 거기에 부르탄과 강화뼈 두 마리. 총 10마리의 소환수만 남았을 때 겨우 적대 유저 모두를 제압할 수 있었다. 아마 40명만 되었어도 위험했을 것이다.

하지만 극복했을 때의 보상 역시 더 좋으리라. 지금 바닥에 너부러진 아이템만 15개였으니까.

스윽.

그것을 모두 주운 후 자리에 앉았다.

"더럽게 힘드네. 아이템은 나중에 처분하자."

"크흐, 나 혼자였으면 아마 네다섯 명 죽이고 끝났겠네. 진짜 스켈레톤들 대단하다."

성민우의 말에 한탄이 서렸다.

아쉬움이 가득한 표정.

스스로가 약해 도움이 되지 못한 미안함까지.

"흐음."

확실히 성민우는 초반에만 살짝 활약하다가 이후로는 스켈레톤들의 뒤에 숨어서 목숨을 부지하는 것에 집중했었다.

"아쉽냐?"

"당연하지. 좀 더 도움이 되고 싶은데."

무혁이 웃었다.

"뭐, 그럼 가 볼까?"

"응? 어딜?"

"본격적으로 싸우기 전에 좀 더 강해지자고. 따라와."

의뢰는 일단 미루기로 했다.

지금은 그게 중요한 게 아니었으니까.

"어딜 가는 건데?"

"어둠의 숲."

정령들을 성장시키기 위해서.

잠시 후 위브라 제국 신전과 잡화점에 들린 무혁이 무언가를 구입했다. 이후 군마를 타고 대략 30분을 이동한 끝에 목적지에 도착할 수 있었다.

"저기냐……?"

"어."

"분위기 죽이네."

"어둡지, 좀?"

"심한데?"

어둠만이 존재할 것 같은 숲. 단지 선 하나를 두고 세상이 둘로 갈라졌다. 바깥은 빛으로 물든 세상. 안은 어둠으로 점철된 공간. 그리고 그 어둠 속에 정령이 도사리고 있다.

"저기서 정령을 잡으면 소환수의 스탯이 오른다, 그거지?"

"그렇다니까."

"후우, 그런 정보는 어디서 얻는 거냐?"

"비밀."

"크, 진짜 비밀투성이구만."

무혁이 미안한 표정을 지었다.

"나중에 기회가 되면 알려줄게."

"오케이. 뭐, 중요한 건 그게 아니니까."

다시 앞으로 나아갔다.

따그닥.

군마 위에 올라탄 성민우의 얼굴에 긴장감이 휘몰아쳤다.

이윽고 선을 넘자, 어둠이 시야를 장악한다.

"허어, 너무 어둡잖아?"

무혁이 스켈레톤 전사를 소환했다. 그리고 검뼈 한 마리의 검을 뺏고 준비해 온 등불을 쥐어줬다.

"이제 좀 괜찮지?"

"어, 좋다."

그나마 시야는 트였다.

"군마 역소환."

이젠 전투를 준비할 차례였다.

"스켈레톤 소환."

"정령 소환."

정령과 스켈레톤을 모두 소환하고 조심스럽게 걸음을 내디 뎠다.

얼마나 걸었을까.

치르륵.

기이한 소리가 귓가를 자극했다. 고개를 휙 하고 돌려보았 다. 하지만 아무것도 보이지 않고 소리는 멈추지 않았다.

"으으, 시발."

발끝에서부터 소름이 쫘아악 하고 올라오는데, 몬스터를 상대하는 게 아니라 마치 귀신을 상대하는 기분이었다.

치륵!

그 순간 소리의 끝맺음과 함께 무언가가 앞으로 다가왔다.

엄청난 속도였다.

"흐읍, 뭐야!"

놀란 성민우가 주먹을 휘둘렀다.

휘익.

분명 주먹은 정확하게 날아갔다. 하지만 어떠한 감촉도 느 껴지지 않았다.

마치 바람을 가른 기분이랄까.

주먹이 그대로 놈의 몸을 관통하는데 그 모습을 직접 바라 보고 있으니 끔찍할 정도로 기분이 더러웠다.

놀라 뒤로 물러난 성민우가 파이어를 앞으로 보냈지만 놈은 정령, 파이어를 그냥 통과했다. 마법을 사용해도 약간의 저항

감만 줄 뿐, 대미지를 입히진 못했다.

"뭐, 뭐야?"

그때 무혁이 검을 휘둘렀다.

퍼억.

둔중한 타격음과 함께 놈이 멀리 날아갔다.

"저게 어둠의 정령이야."

"하, 미친. 이건 무슨 유령의 집도 아니고."

"무섭냐?"

"무, 무섭긴! 근데 어떻게 된 거야? 왜 내 공격은 안 통하고……."

"아, 이거 때문이지."

무혁이 인벤토리에서 작은 병을 꺼냈다.

"성수 한 방울이랑 물을 섞은 거야."

"그걸 검에 바른 거야?"

"어, 그래야 공격이 통하거든."

보통의 정령과는 다르게 어둠의 정령은 특이하게도 성수를 바르지 않으면 그 어떤 공격도 통하지 않는다.

무혁이 밝히지 않는 이상 이 정보는 앞으로 꽤 오랫동안 밝혀지지 않을 것이다. 수많은 유저의 노력과 고생이 필요한 일이기 때문이다.

"나도 좀 줘봐."

"어, 잠깐만."

먼저 강화뼈의 방패에 희석한 성수를 한 방울씩 뿌려주고 그다음으로 성민우의 너클에도 한 방울을 발랐다.

"와도 공격하지 말고 기다려."

"오케이."

조용히 자리를 지켰다.

치르르륵.

그때 멀리 날아갔던 어둠의 정령이 다시 다가왔다.

놈이 가까이 다가왔을 때 강화뼈들이 놈을 둘러쌌다. 이후 방패를 내민 채 놈과 거리를 좁혔다.

어둠의 정령이 무시한 채 지나가려 했으나 성수가 발린 방패를 뚫을 순 없었다.

터억.

방패에 막힌 어둠의 정령이 자리에 멈췄다.

치르륵?

왼쪽, 오른쪽, 뒤쪽. 어디로 움직여도 방패에 막혀 버렸다.

치르르륵!

듣기 싫은 소리를 뱉으며 유일하게 뚫려 있는 하늘로 빠져나가려는 순간. 지면을 강하게 차며 뛰어오른 무혁의 검이 정령을 꿰뚫고 그대로 바닥에 꽂혀버렸다. 검을 놓고 물러서자 어둠의 정령이 빠져나오지 못하고 바동거리기만 했다.

"어때?"

"와, 대박인데?"

"근데 성수 효과 유지 시간이 10분이라서. 그전에 처치하자고."

"오케이!"

움직이지 못하는 어둠의 정령은 몬스터도 아니었다.

그저 먹잇감일 뿐.

녀석을 향해 공격이 퍼부어졌다.

콰과과광!

무수한 공격 끝에 놈을 처치했고.

[경험치가 상승합니다.]

[가장 큰 공헌을 한 '파이어'가 정령의 힘을 흡수합니다.]

[정령 파이어의 체력(0.1)이 상승합니다.]

떠오른 메시지를 보며 성민우가 만족스럽게 웃었다.

콰앙.

하야꾸 길드 본부. 길드장 미야모토가 탁자를 강하게 내려치고 사납게 으르렁거렸다.

"이미호 사냥터에서 시비가 붙었다?"

"으, 으응."

"처음엔 열 명. 다음엔 서른 명이 갔는데 겨우 두 명한테 죽었다는 소리를 지금 나한테 하는 거, 맞지?"

간부들이 고개를 숙였다.

즐기기 위해 만든 길드, 하지만 하야꾸 길드에서 미야모토의 영향력은 상당했다. 일단 자신의 돈을 퍼부어 그 돈으로 길드원을 키웠다. 길드에서 나가면, 척살령을 내려 배신의 대가를 치르게 했다.

그래도 반발은 심하지 않았다. 배신만 하지 않으면 엄청난 아이템을 얻을 수 있었기 때문이다. 그렇기에 돈이 없는 유저들은 충성과 강함을 맞바꿨다. 그렇게 만들어진 곳이었다.

"맞냐고 물었어."

"마, 맞아."

"하, 맞다고? 그래서 아이템도 넙죽 바쳤고?"

"……."

미야모토의 미간이 찌푸려졌다.

"멍청한 새끼들."

그의 욕설에도 그저 몸을 웅크릴 뿐이었다.

"그래서, 그 새끼들 어디 있는데?"

"아마 아직 이미호 사냥터에……."

"병신아, 아직도 거기 있을 리가 없잖아!"

"아……?"

"일단 척살령부터 내려. 그리고 찾으면 적어도 70명은 데리고 가서 처리해. 알겠어?"

"아, 알겠어."

"1개월 안으로 최소 열 번은 죽여 버리라고."

"으응."

"가 봐."

부길드장과 간부들이 자리를 떠났다.

"하아, 한심하긴."

홀로 남은 미야모토가 중얼거렸다.

꽤 시일이 지났다.

정기 보고의 날이 되어 대회의가 열렸다.

"그래서 이번에 발견한 던전은……."

"그렇게 해."

"알았어."

"다른 보고는?"

"어, 이제 없는데."

"흐음, 그 녀석들은?"

"어……?"

부길드장의 안색이 파리해졌다. 이상한 낌새를 눈치챈 미야모토가 상체를 앞으로 숙이며 다시 한번 물었다.

"전에 그 새끼들 말이야. 이미호 사냥터에서 시비 걸었다던 그 녀석들, 어떻게 됐어?"

"어, 그, 그게……."

"그게 뭐?"

분위기가 차갑게 가라앉았다.

"똑바로 말해."

"후우, 사실은 아직 어디 있는지 찾지를 못해서……."

"……."

어이가 극에 달하면 웃음이 나온다.

지금 미야모토가 그러했다.

"하, 못 찾았다고?"

"으응."

"돈 받아 처먹고, 아이템 받아 처먹고 하는 게 그거야?"

"미, 미안……."

"똑바로 하자. 내일 안으로 찾아라."

부길드장이 고개를 끄덕였다.

"말로 해."

"으, 응. 찾을게, 내일까지."

"말만 하지 말고 당장 움직여!"

부길드장과 간부들이 후다닥 자리를 떴다.

한편.

성민우와 무혁은 여전히 어둠의 정령을 사냥하고 있었다.

"지금 몇인데?"

"윈드 빼고 전부 다 10이야. 윈드는 힘만 올리면 돼."

"서두르자."

"오케이. 파이어, 어스, 워터 역소환."

이후 나타난 어둠의 정령을 지금까지와 마찬가지로 검으로 움직이지 못하게 한 후 처리했다.

[경험치가 상승합니다.]

[가장 큰 공헌을 한 '윈드'가 정령의 힘을 흡수합니다.]

[정령 윈드의 힘(0.1)이 상승합니다.]

그제야 목표를 달성할 수 있었다.

"후, 전부 다 10이야."

"그래? 끝났네."

"근데 진짜 10이 끝이야?"

"어."

"혹시 모르니까 한 마리만 더 잡아보면 안 될까?"

"그러든지."

어둠의 정령 한 마리를 더 사냥했다.

[경험치가 상승합니다.]

스탯이 올랐다는 문구는 더 이상 떠오르지 않았다.

"진짜 끝났네."

"그럼 이제 가 볼까."

"오케이!"

긴 사냥을 끝내고 어둠의 숲을 빠져나왔다.

"스켈레톤 군마 소환."

군마를 타고 마을로 향해 워프 게이트를 이용, 위브라 제국
으로 이동했다.

위브라 제국을 감시하고 있던 하야꾸 길드원 두 명.

한 명의 유저가 동료의 어깨를 쳤다.

"왜?"

"왔다."

"뭐, 진짜?"

그는 워프 게이트를 주시하고 있었다.

"누구?"

"지금 워프 게이트에서 내려온 두 명."

"확실해?"

"어, 내가 저 새끼들한테 당했잖아. 직접 두 눈으로 봤는데
잊을 수가 있어야지."

"좋았어. 내가 보고할게. 주시하고 있어."

"알았어."

하야꾸 길드장 미야모토에게 두 사람의 위치가 전해졌다.

그 사실을 모르는 둘은 위브라 제국 잡화점에 들렀다.

"요리 도구, 1회용 제작 도구요."

"몇 개나 드릴까요?"

한동안 충분히 쓸 수 있을 정도의 수량을 구매했다.

"음, 그리고……."

그 외에도 몇 가지 재료를 샀다. 둔화의 독과 환각의 독은 경매장에서 구할 수 있었지만, 출혈의 눈물과 약화의 마비는 직접 제작을 해야 하기 때문이었다.

그리고 식료품점에서 음식을 재료를 구입했다.

얼추 준비를 끝내고 광장으로 나온 무혁은 기다리고 있는 성민우와 함께 다시 워프 게이트로 향했다. 잠시 중단했던 이미호 퇴치 의뢰를 깨기 위함이었다.

"일단 이미호부터 깨고……."

외진 마을로 이동한 두 사람이 사냥터로 등장하는 순간, 입구 주변에서 일단의 무리가 모습을 드러냈다.

무혁의 미간이 찌푸려졌다. 착용하고 있는 장갑 위에 그려진 문양이 하야꾸 길드의 것이었던 탓이었다.

숫자는 대략 15명.

왜 이렇게 적지?

고민해 보니 한 가지 결론에 도달할 수 있었다.

아, 위브라 제국에서 들켰구나.

위브라 제국에서는 간단하게 몇 가지 아이템만 구입했을 뿐이다. 그렇기에 하야꾸 길드도 인원을 모을 시간이 부족했을 테고.

오래 끌면 안 되겠네.

저들은 시간을 끌려고 할 것이다.

"민우야."

"어?"

성민우만 들릴 정도로 작게 말했다.

"아, 오케이."

둘은 서로 고개를 끄덕였고.

파밧.

동시에 좌, 우로 퍼지며 도망쳤다.

"막아!"

"먼저 공격하지는 말고! 막기만 하라고!"

"시발, 그게 쉽냐고!"

"안 되면 따라가기만 해!"

히지만 따라가는 게 과연 가능할까.

다섯 마리의 군마가 흩어진다. 세 마리는 달려오는 하야꾸 길드원을 막았고 한 마리는 성민우에게 달려갔다.

이미 무혁은 군마를 타고 모습을 감춘 상태였고 성민우는 자신에게 달려오는 군마에게 올라탄 후 역시 속도를 냈다.

"저 새끼만이라도 잡아!"

"시발, 그냥 보내면 죽어!"

"어쩌라고!"

"몰라, 이 새끼야!"

"공격해, 그냥!"

결국 누군가가 공격을 시도했다.

콰아앙!

충격에 성민우가 군마에서 떨어지며 바닥을 굴렀지만, 그의 입온 미소를 그리고 있었다. 넘어진 그가 몸을 일으키는 사이 하야꾸 길드원이 우르르 모여들었다. 이미 성민우를 둘러싼 상태라 도망칠 길은 보이지 않았다.

"하아, 시발. 넌 뒤졌어."

"아이템이라도 주면 죽이진 않고."

"그래, 아이템. 아이템이라도 내놔. 그럼 살려줄 테니까."

아이템을 주면 살려줄까? 아니, 절대 그러지 않을 것이다.

하지만 알면서도 혹하게 되는 게 사람의 심리다.

"안 주면 무한 척살이야. 좋은 게 좋은 거잖아?"

스윽.

성민우가 고민하는 표정을 짓다가 손을 들어 올렸다.

가운데 손가락이 그들을 제압한다.

"개처럼 짖지 마라, 병신들아!"

하야꾸 길드원들의 표정이 일그러졌다.

"시발……!"

누군가가 검을 뽑으며 다가왔다.

후우웅.

그 순간 공기를 꿰뚫고, 강력한 떨림이 그들을 휩쓸었다.

뒤를 돌아봤다. 아무도 따라오는 유저가 없었다.

"스켈레톤 소환."

스켈레톤을 모두 소환한 후, 성민우가 도망쳤던 방향으로 보내고 건물의 옥상에 올라 아래를 내려다봤다.

전황이 한눈에 보였다. 성민우는 쫓기고 있었고, 적들은 쫓고 있다.

전원 왼쪽으로.

스켈레톤을 그곳으로 보냈다.

['하야꾸' 길드와 적대 관계에 돌입합니다.]

[정당방위가 성립됩니다.]

마침 성민우가 공격을 당하면서 정당방위가 적용되었다. 직후 하야꾸 길드원이 성민우를 둘러쌌고 대화를 나누는 모양새를 보였다.

앞으로 이동.

하야꾸 길드원 한 명이 검을 뽑아 든 채 성민우에게 다가갔다. 조금 뒤 한 명이 더 검을 들고 다가갔다.

조금만 더.

드디어 시야가 확보되었다.

부르탄, 기파.

기파가 그들을 휩쓸었다.

"허업……!"

"아, 미친!"

비틀거리며 쓰러지는 유저들과 옆에 있던 동료 때문에 기파의 영향을 받지 않은 몇 명까지, 상황은 달랐으나 공통점이 있었다.

모두 당황하고 있다는 것.

키릭, 키리릭?

그 순간 사방에서 나타난 51마리의 스켈레톤들이 일사불란하게 움직이더니 하야꾸 길드원을 공격하기 시작했다.

마법이 뿜어지고 뼈 화살이 날아가고 강화뼈와 검뼈, 그리고 기마병이 돌진했다.

"일단 튀어!"

기파의 영향을 받은 일부가 죽었고 일부는 도망쳤다.

키리릭!

스켈레톤들이 그들을 쫓다가 이내 사방으로 퍼진다.

속도가 느려서 기마병을 제외하곤 유저들을 따라잡을 수 없었던 탓이다. 하지만 작은 마을이기에 51마리면 충분히 모든 곳을 살펴볼 수 있는 전력이었다. 도망친 하야꾸 길드원을 탐색하는 사이 성민우는 느긋하게 아이템을 주웠다.

"으차, 이게 도대체 얼마냐."

절로 콧노래가 흘러나왔다.

"으흐흐흐."

그때 뒤에서 누군가가 다가왔다. 아이템을 모두 주워 담은 성민우가 고개를 돌렸다.

"왔냐?"

"어."

"성공이다."

"잘했어."

간단한 대화였으나 그들은 일종의 승리감을 맛보고 있었다. 희열이라고 해도 과언이 아니리라.

그리고 지금 이 순간에도 무혁은 시야 확보 스킬로 소환수들과 시야를 공유하고 있었다.

뭐라고 설명하면 좋을까. 마치 곳곳에 달린 CCTV를 보고 있는 기분이라고 하면 될 것이다. 무려 51개의 CCTV.

놈들이 빠져나갈 구멍은 없었다.

찾았다.

숨어 있던 하야꾸 길드원을 발견하면 주변 스켈레톤들을 모아서 숫자로 밀어붙였다.

유저들이 전멸하고 떨어진 아이템.

무혁이 성민우를 보며 말했다.

"가자."

"어딜?"

"아이템 주우러."

"좋지!"

성민우가 장난기 어린 사악한 미소를 지었다.

걸음을 서두른다. 골목 구석에 떨어진 지팡이를 주웠다.

"하나 득."

그리고 길거리에 떨어진 반지를 줍고. 조금 더 으슥한 공간에서 장갑을 주웠다. 쓸모없는 물건도 몇 개 있었고 괜찮은 것도 있었다. 예전 것까지 합치면 상당한 액수가 되리라.

"후우, 끝났다."

"놈들은?"

"다 죽였지."

하지만 아직 싸움은 끝나지 않았다.

뒤늦게 몰려온 하야꾸 길드원들.

"뭐야, 왜 없어?"

"찾아볼게요!"

"서두르라고."

"예!"

길드원 80명이 주변으로 흩어져서 한참을 뒤졌지만 어떠한 흔적도 발견하지 못했다.

"없는데요?"

"나가서 알아봐!"

"네!"

누군가가 로그아웃을 했고 잠시 후에 접속했다.

"뭐래?"

"아, 도망치기에 뒤쫓다가 공격을 해버렸는데……."

"시발, 그러다 뒤졌대?"

"네."

그때 누군가가 다가왔다.

"단장님."

"왜?"

"경매장에 아이템이 올라왔는데요?"

"우리 거?"

"네."

"하아……."

단장이 관자놀이를 눌렀다.

"골치 아프네, 진짜."

"어쩔까요?"

"뭘 어째. 아이템까지 빼앗기면 길드장님한테 죽는다. 지금 털어서 구입해."

"예."

"시발, 그리고 그 새끼들 무조건 찾아."

"알겠습니다."

"일단 각각 제국이랑 왕국으로 흩어지고 발견하면 곧바로 보고하라고 해. 그리고 딱 3시간 줄 테니까 그 안에 급한 일 끝내고 모이라고 해. 이틀 안으로 그 새끼들 무조건 조져야 하니까. 길드장님 지금 화 많이 났다는 말도 꼭 전하고."

"예!"

그리고 모두가 배정받은 제국이나 왕국, 혹은 마을로 이동하려는 찰나.

"다, 단장님!"

"또 뭐야?"

"큰일 났어요!"

"뭔데!"

"그러니까……."

길드원의 말에 단장의 표정이 구겨졌다. 더 이상 그럴 수 없을 정도로 심각하게.

성민우와 함께 도착한 사냥터.

"여기야?"

"어, 여기가 80레벨 유저들이 사냥하는 곳이래."

"쓸어버리자고."

"오케이!"

길드와의 적대 관계는 24시간 동안 유지된다. 1분이 남았다고 하더라도 그 상태에서 싸우게 되면 다시 적대 관계가 24시간으로 증가하게 된다. 그리고 적대 관계인 상태에서 죽게 되면 50%의 확률로 아이템을 떨어뜨리게 된다.

무차별적인 길드의 횡포를 막기 위한 최소한의 장치였는데 사실상 무용지물이었다. 거대 길드가 제대로 압박을 가하면 대부분의 유저는 꼬리를 마는 게 현실이었으니까.

하지만 이번에는 다를 것이다. 무혁은 오히려 하야꾸 길드를 털어버릴 심산이었다.

겨우 80레벨대 유저들의 사냥터.

"하야꾸 길드 문양 확실하게 기억했지?"

"어, 기억했어."

얼마나 나아갔을까.

"저기요."

누군가가 무혁과 성민우를 막았다.

스윽.

시선을 옮겨 장갑을 확인했다. 하야꾸 길드의 문양이 손등에 박혀 있었다. 그 손을 올려 투구를 벗더니 무혁과 성민우를 바라보며 인상을 썼다.

"여기 저희 사냥터……."

그의 말을 끝까지 들을 필요도 없었다.

휙.

검을 휘둘러 공격을 가했다.

풍폭, 십자 베기.

기습이었기에 상대는 반응조차 못 했다. 운 좋게 투구까지 벗어줬기에 망설이지 않고 목을 노렸다. 그 덕분에 크리티컬까지 떴다.

[크리티컬이 터집니다.]

[1,149의 대미지를 입힙니다.]

[2,075의 추가 대미지를 입힙니다.]

한 방에 3천이 넘는 대미지를 입혔다.

겨우 80레벨대의 유저, 게다가 손에 들린 활로 유추했을 때 직업은 궁수. HP가 낮을 수밖에 없으리라.

"뭐, 뭐야……."

중얼거리며 희미해져 갔다.

투욱.

그리고 떨어뜨린 가죽바지를 집어 들었다.

"오, 득템!"

옵션을 확인할 시간은 없었다.

"야, 뭐야?"

"시발, 영호 죽었잖아!"

동료의 죽음을 확인한 하야꾸 길드원 몇 명이 다가오고 있었으니까.

기세를 보아하니 이것저것 물어볼 것도 없이 공격을 시도할 작정인 모양이었다. 예상대로 마법사 한 명이 먼저 마법을 사용했고 뒤이어 화살이 날아왔다.

"스켈레톤 전사 소환."

나타난 스켈레톤들이 방패를 들었다.

콰아아앙!

공격을 막아내는 사이 궁수와 메이지의 소환을 완료했다.

그리고 시작된 반격.

"크헙, 시바!"

"뭐, 뭐야!"

순식간에 하야꾸 길드원을 죽였다.

"제대로 돌아보자고."

이후 해당 사냥터에 존재하는 하야꾸 길드원 40여 명을 죽인 후 곧바로 다른 사냥터로 이동했다. 하야꾸 길드원 70레벨 중후반대 유저가 사냥하고 있는 곳이었는데 이곳에도 대략 35명의 유저가 있었다.

"좋아, 좋아."

떨어뜨린 아이템도 모두 수거했다.

"크으, 사냥보다 어째 PK가 더 재밌다?"

"게임이 다 그런 거지, 뭐."

둘은 웃으며 다시 이동했다. 이번에는 60레벨 후반에서부터 70레벨 초반까지의 유저가 사냥하는 곳이었다. 그곳에선 20명을, 60레벨 초반에서 중반까지의 사냥터에서는 35명을, 50레벨대 사냥터 세 곳에서 다시 60명을 죽였다.

"여기까지만 하고 하야꾸 길드가 있는 제국으로 가 보자."

"어? 거기는 왜?"

"이미 한참 전에 우리가 한 짓이 놈들 귀에 들어갔을 거야. 계속 돌아다니다가 들키면 우리가 죽을 수도 있는 거고. 그리고 사실 한 번 죽으면 척살령에서 벗어나기가 어렵거든. 그러니까 상황부터 한번 살펴보자고."

"그냥 갔다간 들킬 텐데?"

"당연히 아이템부터 바꿔야지."

둘은 나무 뒤에 숨어 경매장 시스템에 접속했다.

투구, 갑옷, 바지, 신발, 장갑을 구매했다. 가격은 싼데 외양은 최대한 있어 보이는 것들이었다. 기존의 아이템을 벗고 그것들로 교체하자 완전히 다른 사람이 된 두 사람이었다.

"이 정도면……."

정령이나 스켈레톤을 소환하지 않는 이상은 절대 두 사람을 알아보지 못하리라.

와칸 제국의 우측, 하야꾸 길드의 본부 대회의실에서 미야모토가 탁자를 손가락으로 두드리고 있었다.

툭, 툭.

부길드장의 보고에 눈을 떴다.

"우리 사냥터를 돌면서 털고 있다?"

"으, 으응."

"푸하하하하!"

미야모토가 크게 웃었다. 그리고 이내 뚝 하고 그친다.

"진짜 빌어먹을 새끼들이네? 도저히 안 되겠다. 나도 움직일 테니까 그 새끼들 위치만 확실하게 알아내. 사냥터 돌고 있다고 했으니까 지금 안 털린 사냥터 알아보고 거기에 길드원들 일단 대기시켜 놔."

"알겠어."

"하아, 마크 시스템은 왜 넣어가지고!"

길드 마크 시스템.

길드에 가입하면 반드시 그 길드를 알아볼 수 있는 마크를 새겨야 한다. 가능한 부위 역시 투구의 앞과 뒤, 갑옷의 앞쪽, 망토의 뒤쪽, 손등, 견갑, 팔꿈치 부위 등으로 정해져 있었기에 눈에 쉽게 들어올 수밖에 없었다.

길드의 횡포를 막기 위한 장치였는데 이번에는 무혁과 성민우가 오히려 그걸 이용하고 있었다.

"마크만 아니었어도……!"

한숨을 쉬던 미야모토가 명령했다.

"아무튼, 그 새끼 무조건 찾아. 아이템 바꿔서 착용했을 수도 있으니까 그 부분도 확실하게 인지시키고."

"아, 알았어."

"뭐 해?"

"어?"

"안 움직이고 뭐 하냐고!"

부길드장이 다급히 대회의실에서 나왔다. 그리고 본관 앞에서 대기 중인 길드원을 불러 모아 지시를 내렸다.

"음, 그러니까 일단……."

미야모토의 지시를 하나씩 언급했다.

"아, 그리고 조도 나누자. 그리고……."

꽤나 시간이 지나고서야 길드원들이 본부 밖을 나올 수 있었다.

"아우, 답답해."

"부길드장?"

"어, 왜 저렇게 둔한 거야?"

"그럼 네가 부길드장 하든가."

"나도 그러고 싶다."

"크큭, 아무리 길드장 친구라지만 좀 심하긴 하지."

"친구는 무슨."

그리고 워프 게이트로 향하는 하야꾸 길드원을 누군가가 지켜보고 있었다.

"빠져나가는데?"

"사냥터로 가는 거겠지."

무혁과 성민우였다.

"따라가자."

"오케이."

그들의 뒤를 쫓아 워프 게이트로 향했다.

"알레더 마을이요."

"올라가 주세요."

대략 80명이 워프 게이트에 올랐다.

"다음 워프 이용하실 분, 올라가 주십시오."

다시 80명이 올라갔다.

그들은 또 다른 장소로 이동했다.

"다음……."

그렇게 총 5개의 그룹이 나뉘어서 이동했음을 확인한 무혁과 성민우가 서로를 쳐다봤다.

"80명이네."

"총 400명이네. 더럽게 많은데?"

"흐음."

확실히 숫자가 많았다.

정면으로 덤비면 절대 승산이 없다. 방법은?

고민하던 무혁이 눈을 빛냈다.

"이렇게 하자."

"어떻게?"

"일단 따라가서 사냥터로 가자고. 거기서 너랑 내 소환수들만으로 놈들을 상대하는 거야."

"우리는 숨고?"

"그렇지."

"괜찮네. 나도 정령의 눈이 있으니까."

정령으로 시야를 확보하는 스킬이었다.

"우린 좀 더 거리를 벌려서 소환수가 전부 죽어도 위치만 안 들키게 하자고. 그렇게 몇 번 반복하면 될 것 같은데?"

성민우의 입가로 미소가 그려졌다.

"크큭, 완전 사기잖아. 우리."

"좋냐?"

"어, 대박이다."

"일단 알레더로 가자."

워프 게이트로 올라갔다.

"두 명이신가요?"

"네."

"어디로 모실까요?"

"알레더 마을이요."

"2골드입니다."

값을 지불하자 워프 게이트가 빛을 뿜어냈다.

같은 시각, 일루전 홈페이지의 채팅방은 오늘도 여러 가지 잡담과 이슈들로 서로를 자극하고 있었다.

-와, 진짜요? 완전 득템하셨네. 부럽습니다.

-대박. 인증 가능?

-저도 궁금하네요.

아이템을 얻은 것을 자랑하는 것은 기본.

-아, 시발. 개놈들. 또 PK하고 지랄들이네, 진짜.

-저도 그 새끼들한테 당했어요.

-이거 어떻게 방법 없나요?

PK를 당한 울분을 토해내기도 한다.

대화의 주제가 자연스럽게 그 길드로 이어졌다.

-아, 거기요?

-네.

-하야꾸 맞죠? 지금 거기 어떤 유저들 잡으려고 혈안이던데. 척살령 내렸다고 하더라고요.

-허, 그 유저도 불쌍하네.

-음, 근데 듣기로는 상황이 재밌게 돌아가던데요.

-재밌다뇨?

-몇 명인지는 정확하게 모르겠는데 아무튼 소수의 유저가 지금 하야꾸 길드원을 백 명 이상 죽였다는 것 같던데요?

-에이, 그건 좀…….

-심하게 과장이 되었거나 거짓말이겠네요.

-음, 제가 알기로는 신빙성이 상당히 높은데…….

-자세하게 말 좀 해봐요.

-그러니까…….

이야기가 진행되고.

-와, 그런 방법이 있었네요.

-하야꾸 길드원들이 점령한 사냥터를 찾아가서 죽였다?

-그렇죠.

-히야, 완전 대박인데요, 이거?

-그래도 놀랍네요. 사냥터에 다른 유저가 있었을 텐데 말이죠.

-그러게요. 소수라고 믿기 힘드네요.

-저도 궁금.

-사실인지 확인해 보고 진짜면 블로그에 올려야겠어요!

-저도!

-저는 홈페이지에 올려야겠네요.

채팅방 사람들이 분주해지고 몇 시간이나 지났을까.

-그거 진짜라고 하네요!

-뭐가요?

-하야꾸 길드랑 소수의 유저가 맞붙었다는 거요!

-아, 정말요? 몇 명이래요?

-놀라지 마세요. 두 명이랍니다!

-허얼……!

순식간에 이슈가 되었다. '하야꾸 길드 vs 두 명의 유저' 과연 진실인가에 대한 공방과 대결의 향방에 대해서.

제2장
준비

알레더 마을로 이동한 두 사람은 아직 마을을 서성이는 하야꾸 길드원들을 발견하고서는 잠시 숨을 들이켰다. 그리고 이내 아무렇지도 않은 척 근처의 잡화점으로 들어갔다. 주변을 의식해서 목소리를 최대한 낮췄다.

"마을에서 죽치려나?"

"사냥터까진 갈 것 같은데. 여기는 안 털었잖아."

"그렇지."

"조금만 기다려 보자고."

조금 더 이야기를 나눈 후 잡화점에서 나왔다.

"어?"

"갔나?"

하야꾸 길드원이 보이지 않았다.

"그런 것 같은데?"

군마를 소환하지 않은 채 마을을 벗어났다. 하야꾸 길드가 점령한 알레더 마을의 사냥터로 이동하면서 곳곳에서 몬스터를 사냥하는 유저를 볼 수 있었다.

그때 두 명의 유저가 무혁과 성민우를 빠르게 지나쳤다. 사냥을 마쳤는지 알레더 마을로 되돌아가고 있었다.

그런데 그들의 표정이 이상하다. 뭔가 찝찝한 기분이 들어서 장갑을 확인했지만 방패에 가려져 보이지 않았다.

이내 잡념을 털어내며 다시 걸음을 내디뎠다. 그렇게 한참을 이동하던 무혁이 갑자기 손을 들었다.

"쉿."

저 멀리, 걸어가고 있는 하야꾸 길드원을 발견한 것이다.

"최대한 조심하자고."

"그래야지."

나무 기둥이나 바위에 모습을 감추며 그들을 미행했다. 꽤 이동했을 즈음, 그들이 갑자기 토론을 시작했다.

"뭐, 계속 붙어 다녀봤자 의미가 없잖아."

"그렇지."

"차라리 흩어지는 게 어때?"

"흐음, 하지만……."

"야, 야. 괜찮아."

"그럴까……?"

"그래, 따로 돌아보고 여기서 만나자고."

"알았어."

"너무 멀리는 가지 말고. 30분 후에 보자."

그렇게 조를 4개로 나누더니 사방으로 흩어졌다.

20명씩 갈라진 것이다.

무혁과 성민우가 서로를 보며 고개를 끄덕였다. 놈들을 처리할 절호의 기회였다. 둘은 먼저 왼쪽으로 향한 20명의 그룹을 쫓아갔다. 다른 하야꾸 길드원과 거리가 충분히 벌어지면 공격을 감행할 생각이었다.

꽤 이동한 것 같은데.

마침 스무 명의 유저가 휴식을 취하려는지 자리를 잡았다. 그 모습을 바라본 무혁이 웃으며 무혁의 어깨를 건드렸다. 서로 눈짓을 주고받은 후.

"소환."

무혁은 스켈레톤을, 성민우는 정령을 소환했다.

키릭, 키리릭.

녀석들을 앞으로 보내 자리를 잡은 스무 명을 둘러쌌다.

"뭐, 뭐야……!"

"갑자기 스켈레톤이 어디서 나타난 거야!"

당황하던 그들이 갑자기 입가에 미소를 지었다. 그 순간 뒤쪽에서 인기척과 함께 다른 사람의 목소리가 들려왔다.

"라고 할 줄 알았냐?"

다급히 고개를 돌려보니 어느새 수십의 유저가 둘을 포위하고 있었다.

저벅.

끝이 아니었다.

"아……."

정신을 차리고 보니 주변에 있던 바위와 나무 사이에서 하야꾸 길드원이 계속 모습을 드러내고 있었다. 적어도 200명. 그들이 눈을 부라리며 둘을 살벌하게 쳐다봤다.

성민우와 무혁이 잡화점에 들렀을 때.

하필 그곳에는 하야꾸 길드원 한 명이 물건을 구입하기 위해 주인과 이야기를 나누고 있었다.

계산을 마치고 나가려던 길드원은 구석에서 소곤거리는 둘을 바라보며 고개를 갸웃거렸다. 혹시나 하는 마음에 조심스럽게 다가가서 이야기를 엿들었다.

사냥터, 털지 않았다, 하야꾸, 아이템…….

몇 가지 단어가 고막에 꽂혔다.

어, 저, 저거…….

길드원은 곧바로 잡화점에서 나와 그 사실을 보고했고, 이야기를 들은 길드장이 그들을 역으로 포획하기 위한 계획을 세운 것이다.

"나도 갈 테니 실수하지 말라고 전하고."

"예!"

그렇게 앞선 그룹과 뒤를 쫓는 그룹으로 나뉜 것이다. 그 사이에 무혁과 성민우가 놓인 것이고. 그러다 무언가 명령을 하거나 이야기를 들어야 할 때는 유저들을 보냈다.

길드장이 지시를 내리면 길드원 한두 명이 사냥터로 급하게 가는 척 뛰어가서 앞선 그룹에 전달했고 앞선 그룹이 길드장에게 무언가를 말해야 할 때는 또 몇 명의 유저를 돌려보내면 되었다. 마을로 돌아가는 척하면서, 다만 방패로 장갑의 표식만은 제대로 가린 채로 말이다.

그 결과가 바로 이것이었다. 완벽하게 당해버린 것이다.

젠장.

무혁의 표정이 심각해졌다. 여기서 놈들에게 죽어버리면 알레더 마을의 신전에서 부활하게 된다. 거기서 놈들이 진을 치고 기다린다면 성민우가 위험해진다. 무혁 본인이야 죽어도 놈들의 눈을 피할 방법이 있다지만 성민우는 아니었다.

그렇기에 무조건 살려야만 했다. 그러지 못한다면 성민우는 하야꾸 길드의 척살 지옥에서 벗어나지 못하리라.

"야."

"어, 어어……?"

옆에 딱 붙어 귓속말을 이어갔다.

"싸우다가 내가 신호를 주면 그 방향으로 도망쳐."

"뭐? 무슨 소리야."

"길 뚫어줄 테니까 일단 도망치라고. 난 충분히 혼자서 빠져나갈 수 있으니까. 넌 한 번 죽으면 빠져나오기 힘들어. 게임 접어야 할지도 몰라."

200명 이상의 하야꾸 길드원이 몇 겹으로 포위를 한 상태다. 일부는 꽤 먼 거리에 있었다.

"그래도……."

"아, 진짜. 너 도움 안 된다니까. 그냥 빠져."

성민우의 동공이 흔들렸다.

"진짜지?"

"뭐가? 도움 안 된다는 거?"

"빠져나올 수 있다는 거."

"어, 진짜야."

"시발, 아니면 죽는다."

"그러든가."

성민우가 고개를 끄덕였다.

그때 한 사람이 나섰다.

"거기, 두 녀석."

하야꾸 길드장 미야모토였다.

무혁이 그를 쳐다봤다.

"그동안 우리 길드원을 참 많이도 죽였다지?"

"어, 많이 죽였지."

미야모토의 미간이 찌푸려졌다.

"감히 겁도 없이……!"

"지랄하네."

"이, 이 새끼가!"

"내가 왜 네 새끼야, 인마."

말을 할수록 미야모토는 분노가 끓었다.

"죽여, 저 새끼들 접을 때까지 죽여 버리라고!"

하야꾸 길드원들이 공격을 퍼부었다.

"파이어 볼!"

"아이스 스피어!"

물론 그냥 맞아줄 두 사람이 아니었다.

파밧.

무혁과 성민우는 좌우로 갈라지며 적진으로 난입했다.

성민우와 무혁 두 사람이 적진으로 뛰어들자 하야꾸 길드원들은 마법이나 화살과 같은 원거리 공격을 시도하기가 어려워졌다. 동료들이 다칠 확률이 아주 높기 때문이었다.

덕분에 무혁과 성민우가 허무하게 죽을 일은 없어졌다. 이젠 근접 유저만 신경 쓰면서 몸을 움직이면 되는 것이다.

게다가 어둠의 숲에서 정령의 힘을 흡수한 덕분에 성민우의 정령들이 상당한 활약을 하고 있었다.

저 정도라면 무혁이 계획을 실행할 때까지 충분히 버텨낼 수 있으리라.

키릭, 키리릭.

조금 거리가 떨어진 곳에 있던 스켈레톤들도 어느새 근처로 다가왔다. 마법과 뼈 화살이 쏟아지고.

콰광, 콰과과광!

"흐읍!"

윈드 스텝을 사용한 무혁의 압도적인 기세가 뿜어진다. 스킬을 아낌없이 사용하며 적들을 유린했다.

이런 식으로 가다가는 MP가 부족해 오래 버티지 못하겠지만 어쩔 수 없는 일이었다. 일단 녀석들의 기세를 먼저 제압해야만 했다.

"뭣들 하는 거야!"

미야모토가 괴성을 질렀다.

"겨우 두 명이란 말이다! 똑바로 못 해?"

그 순간 무혁이 방향을 틀어 미야모토에게로 나아갔다.

파밧.

역시 기세를 끊기 위해 가장 좋은 건 적장을 베는 것이다. 지금으로선 하야꾸 길드장, 미야모토가 되는 것이고.

거리가 빠르게 좁혀지던 그때 누군가가 나서며 방패로 무혁의 돌진을 저지했다.

카앙!

생각보다 강한 반탄력에 뒤로 밀려난 무혁이 횡으로 검을 휘둘렀다.

"크읍! 대미지가……!"

"힐 좀 줘!"

"그냥 밀어붙여, 병신아!"

무혁은 검에 풍폭을 걸며 오른쪽으로 몸을 날렸다. 다가오는 무혁을 바라보던 유저가 방패를 들어 올리는 순간 속도를 조금 늦추며 방패의 곡면을 따라 몸을 회전시켰다.

그리고 해당 유저의 등 뒤를 잡고 십자 베기를 사용했다. 훤히 드러난 목을 노리면서.

서걱.

섬뜩한 소리가 울리고 메시지가 떠오른다.

[크리티컬이 터집니다.]

[1,140의 대미지를 입힙니다.]

[2,052의 추가 대미지를 입힙니다.]

아이템으로 봐선 방어 계열의 가디언 유저. HP가 꽤 높을 것이다. 그래서 이번 공격으로 죽었다고 생각할 순 없었다.

뒤로 물러나며 검을 활로 바꾸고 시위에 화살을 걸었다. 그 사이 대미지를 입은 유저가 몸을 틀었다.

역시!

퍼엉!

고민할 것 없이 시위를 놓았다. 희미해지는 그를 바라보다 뒤쪽에서 느껴지는 서늘한 바람에 왼쪽으로 몸을 틀었다.

시야로 들어오는 각종 공격들. 방패로 최대한 막아보려고 했지만 쉬지 않고 들어오는 공격이 무혁의 HP를 빠르게 갉아먹었다.

[대미지를······.]

시금은 움직여야만 했다. 거친 공격에도 앞으로 나아갔다.

조금만 더 가면 돼.

부르탄이 보이는 순간 지면을 차서 허공으로 날아올랐다.

키아아아아아!

무혁을 쫓아오던 유저들이 부르탄의 기파에 맞고 쓰러졌다. 뼈 화살들이 그들을 유린하는 동안 무혁은 부르탄의 뒤에 착지한 후 미야모토를 향해 화살을 날렸다.

파앙!

당연하게도 간단하게 막혀 버렸다.

쉽지가 않아.

적의 수가 너무 많았다.

벌써 검뼈는 대부분 역소환을 당했고 활뼈와 메이지의 수도 절반으로 줄었다. 강화뼈와 기마병, 부르탄이 힘을 내고 있지만 오래 버티지 못하리라.

그나마 다행이라면 곳곳을 헤집은 덕분에 포위망이 조금 흔들렸다는 점이랄까.

호흡을 고르고 다시 지면을 찼다.

윈드 스텝.

성민우에게 다가가 그를 도와준 후 강화뼈를 보내 잠시나마 시간을 벌 수 있게끔 했다. 그리고 미야모토의 주변을 돌아다녔다. 포위당하지 않도록 주의하면서 최대한 대미지를 입히기 위해 노력했다.

"아, 진짜!"

"또 죽었어!"

스윽.

아이템이 떨어지면 지나가면서 주워 인벤토리에 넣었다.

"병신아, 아이템 못 먹게 하라고!"

"시발, 그게 쉽냐고!"

유저를 죽여 아이템을 떨어뜨리면 소유권은 당연히 해당 유저를 죽인 무혁에게 있다. 일정 시간이 지나면 소유권이 사라지는데 그 전까지 무혁을 막아내는 게 쉽지가 않았다.

그게 몇 번이나 반복이 되었다.

조금만, 조금만 더.

또다시 유저 한 명이 죽으면서 방패 하나가 떨어졌다. 이번에도 무혁은 그 방패를 얻기 위해 움직였다. 엄청난 몸놀림을 선보이며 유저들을 뚫고 나아갔다. 끝내 방패를 주운 무혁은 부르탄의 도움을 받아 포위를 뚫고 나왔다.

"빌어먹을!

이미 하야꾸 길드원 대부분의 눈이 반쯤 돌아간 상태였다.

죽지도 않고 아이템만 쏙쏙 집어가는 무혁이 얼마나 짜증이 날까. 자연스럽게 그들의 머리에는 아이템을 더 이상 먹지 못하게 해야 한다는 강박이 생겼으리라.

이번이 기회야.

눈을 빛낸 무혁이 전사로 보이는 유저를 무차별적으로 공격했다. 본인도 상당한 타격을 입었지만 무시했다.

남은 HP는 800가량, 할 수 있어.

콰아앙!

뒤로 물러나며 화살을 날렸다. 그 공격에 하야꾸 길드원 한 명이 죽었다. 검 한 자루가 바닥에 떨어졌다.

툭.

"마, 막아!"

주변에 있던 유저들이 떨어진 검으로 돌진했고.

무혁은 비릿한 미소를 남기고 검이 떨어진 곳과는 전혀 상관이 없는 곳으로 몸을 던졌다. 뒤늦게 무혁의 움직임을 파악한 하야꾸 길드원들이 경악했으나 이미 늦었다.

너는 반드시 죽인다.

미야모토와 거리를 좁혔고.

"흐읍!"

방향을 급격하게 꺾으며 길을 막은 유저를 선회했다.

보인다!

미야모토를 향해 검을 휘둘렀다.

카가강!

그 역시 검으로 맞받아쳤다.

"큭, 이 미친놈."

"……."

무혁은 미야모토의 말을 무시한 채 다시 공격을 감행했다. 시간을 끌수록 불리해지는 것은 무혁이었다. 그렇기에 짧은 시간 동안 화력을 집중해야만 한다.

무혁은 조금씩 위치를 이동하여 소환수가 정면으로 보이도록 자리를 잡았다. 반면 미야모토는 무혁을 바라보고 있었기에 남아 있던 일부 스켈레톤을 등진 상태였다.

지금!

강활의 뼈 화살, 메이지의 마법, 그리고 부르탄의 기파가 뿜어진다.

"기, 길드장님!"

"조심……!"

무혁은 절묘한 타이밍에 물러나 방패를 들어 올렸다.

그제야 무언가 잘못되었음을 깨달은 미야모토가 몸을 틀었지만 이미 기파가 그를 휩쓸고 있었다. 뒤이어진 뼈 화살과 마법이 그에게 적중했고 휘몰아치는 먼지 속에서 무혁의 공격이 이어졌다.

풍폭, 십자 베기, 변형.

풍폭, 강력한 활쏘기, 변형.

죽은 자의 축복.

뒤이어 먼지가 가라앉았다.

드러난 참상.

미야모토가 있던 자리에는 갑옷 하나가 떨어져 있었다.

스윽.

그것을 주워든 무혁.

남은 HP는 300, MP는 150.

어느새 모인 하야꾸 길드원 대부분이 무혁을 포위하고 거리를 좁혀왔다.

아마 MP가 넉넉했어도 지금 상태에선 빠져나갈 수 없었으리라.

고개를 돌려 성민우를 쳐다봤다. 강화뼈가 도움이 된 것인지 아직까지는 버티고 있었다. 물론 비틀거리는 모습을 보아하니 이제 곧 쓰러지겠지만.

그 순간 무혁이 외쳤다.

"지금이야!"

강활 세 마리가 쏘아 보낸 여섯 대의 뼈 화살이 성민우의 주변으로 떨어졌다.

파앙!

무혁 역시 화살을 날렸고.

"군마 소환."

성민우를 상대하던 이들이 잠시 움찔하는 사이 무혁이 소환한 군마에 그가 올라탔다.

따그닥, 따그닥.

빠른 속도로 멀어지기 시작한다.

뒤를 돌아보는 성민우.

무혁은 그제야 안도하며 고개를 정면으로 돌렸다.

"후아, 끝났네."

하야꾸 길드 간부 한 명이 나섰다.

"1, 2조는 저 새끼 쫓아가고. 나머지는 대기."

"예!"

명령을 내린 그가 무혁을 쳐다봤다.

"어이, 너 지금 실수한 거야."

"실수?"

"그래, 설마 한 번만 죽일 거라고 생각하는 건 아니겠지?"

"물론 아니지."

"근데 이렇게 당당해?"

무혁이 웃었다. 은신은 이미 사용해서 쓸 수 없지만 상관없다. 죽음 페널티 이후에 다시 접속하면 쓸 수 있을 테니까.

"길드장님까지 죽여 버린 이상 넌 영원히 척살령에서 못 벗어난다고."

"그래?"

"게임 접어야 될 거야. 알겠냐?"

"그럴 일은 없을 거고."

"큭, 두고 보면 알겠지."

"그래, 보면 알겠지."

말을 내뱉으며 걸음을 내디뎠다.

저벅.

변형을 통해 지팡이를 검으로 바꾼 후 놈에게 달려들었다.

"지루하니까 끝내자고."

간부가 크게 외쳤다.

"마무리해!"

"예!"

쏟아지는 공격들, 폭발과 함께 시야가 어두워졌다.

콰과과과광!

[사망하셨습니다.]

기분이 참, 더러웠다.

캡슐에서 나온 무혁은 잠시 멍하니 있다가 침대에 누워버렸다.

"후우."

과정은 나쁘지 않았다. 백 명이 넘는 유저를 죽였고 덕분에 꽤 거대한 규모의 길드를 잠시나마 뒤흔들었다. 하지만 결국 죽음을 피할 순 없었다.

괜찮아.

그에겐 은신이 있다. 이용한다면 척살을 피하는 건 어렵지 않다.

그렇다고 평생 도망쳐야 하나? 계속 숨어서 지내야 하나?

그건 싫었다. 끝을 본다.

결심을 내린 무혁의 표정이 단호해지고.

스윽.

몸을 일으켜 책상 앞에 앉았다. 노트북을 열어 일루전 홈페이지에 접속한 후 거래 게시판에 글을 등록했다.

[제목 : 두개골 구입합니다.]

[내용 : 제목 그대로 두개골을 구입하고자 합니다. 최대 매입 개수는 10개로 한정하고 개당 구입 가격은 10골드입니다. 판매할 의향이 있으신 분은 쪽지나 메일로 스크린샷을 보내주시기 바랍니다. 어떤 두개골을 구입하고 구입하지 않을 것인지는 제가 스크린샷을 확인하고 결정하도록 하겠습니다.]

본래는 두개골을 구할 의향이 없었다. 천천히, 남들이 모르게 앞서가고 싶었다. 하지만 그렇게 해서는 결코 하야꾸 길드를 무너뜨릴 수 없음을 깨달았다.

이 글로 인해 일부 유저는 두개골에 무언가가 있다는 사실을 깨달을 것이다. 무혁의 아이디가 꽤 유명했으니까.

하지만 정확한 사용처를 모르기에 크게 걱정할 필요는 없으리라 여겼다. 게다가 정보에 둔한 대부분의 유저는 무혁에게 두개골을 판매할 확률이 높았고.

그건 낚아채야만 해.

잠깐의 시간이 흐르고 새로고침을 눌렀다.

댓글이 벌써 10개 이상 달렸다.

└녹프 : 두개골? 그걸 왜 구하는 거죠? 알려주시면 판매할 의향 있습니다.

└캐논 : 두개골이 뭐예요? 그냥 머리뼈인가? 특수 아이템인가?

└기린 : 흐음? 10골드라. 현금 10만 원을 주고 두개골을 구한다고? 뭔가 있는데.

예상대로 일부 유저가 의문을 품었지만 개의치 않았다. 뒤로 가기를 눌러 홈페이지 메인에서 쪽지함을 확인했다.

아직 없고.

메일도 확인했지만 오지 않았다. 그 와중에도 댓글은 꾸준히 달렸다. 무혁의 간담을 서늘하게 하는 글도 있었다.

└네크 : 흐음, 네크로맨서이신가? 두개골이라······.

다른 유저들이 본다면 별것 아닌 것처럼 느낄 수도 있지만 무혁에겐 날카로운 비수와도 같았다. 순간적으로 괜히 글을 올렸다는 생각이 들었지만 이내 고개를 저었다.

최악의 경우를 가정에 두개골에 관한 정보가 퍼진다고 하더라도 이미 무혁이 한참이나 앞서나간 상태일 것이기에 따라잡힐 염려는 없었다. 그리고 이번 기회를 통해서 최대한 많은 두개골을 구할 생각이었다.

10개로 한정을 지은 것은 조바심이 난 일부 유저에게 보이기 위함이지 정말 10개만 구매할 생각은 없었다.

가능한 한 많이 3, 40개 이상을 구매할 작정이었다.

또다시 앞서나갈 작정이었다. 누구도 따라오지 못하게.

생각의 정리를 마치자 마음이 편안해졌다.

그래, 느긋하게 기다리자.

침대에 누워 멍하니 있는데 휴대폰이 울렸다.

"여보세요."

-야, 어떻게 됐어?

성민우였다.

"죽었어."

-뭐? 이 새끼, 안 죽는다면서!

"걱정 마. 앞으론 그럴 일 없을 테니까."

무혁의 눈동자가 차갑게 가라앉았다.

"그보다 넌 안 죽었냐?"

-어, 난 살았어.

"어딘데?"

-제국이나 왕국으로 가기는 조금 그래서 마을로 왔어, 다뎀브라고.

"아, 다뎀브 마을."

-후, 근데 이제 어쩌지? 생각보다 이게 쉬운 게 아니네.

성민우의 목소리에 근심이 서렸다.

"당연하지. 크게 걱정은 말고. 정 안 되면 그냥 녀석들 못 오는 사냥터에서 죽치고 레벨만 올려도 되는 거니까."

-하아, 그래. 근데 넌 어쩌냐?

"나? 은신 있잖아."

-아, 맞다.

"그보다 좀 나와라."

-보게?

"어, 이야기 좀 하자."

아무래도 막무가내로 싸울 순 없을 것 같았다. 상세한 계획이 필요했다.

-오케이, 공원 앞에서 보자.

"그래."

전화를 끊고 다시 일루전 홈페이지에 접속했다. 무혁이 올린 글에 댓글만 수백 개가 넘게 달려 있었다. 쪽지와 메일을 확인해 보니 두개골을 판매하겠다면서 스크린샷을 함께 보낸 유저는 겨우 두 명이었다.

뭐, 일단은.

두 사람에게 동일한 답장을 보냈다.

[내용 : 거래 가능한 시간은 24시간 뒤입니다. 직접 만나도 되고 아니면 경매장에 올려놓아도 됩니다. 그럼 제가 검색해서 바로 구입하면 되니까요. 어떻게 할까요?]

쪽지를 보내자 바로 답장이 왔다.

[내용 : 저는 경매장으로 팔죠.]

[내용 : 알겠습니다. 24시간 뒤에 다시 쪽지 보내드리죠.]

[내용 : 네.]

2명 전부 경매장을 이용하기로 했다.

굳이 직접 만날 필요는 없었으니까. 이건 됐고.

다음으로 정보 게시판에 들렀다. 자신이 올린 수많은 글의 조회 수만 확인해도 뿌듯한 마음이 들었다.

평균 조회 수가 5만.

이제는 상당히 유명세를 타서 하루에도 게시물 하나당 조회 수가 대략 300은 올랐다. 현재 올린 글이 70개가 넘었기에 모두 합하면 21,000의 조회 수가 된다.

현금으로 환산하면 210만 원이었고 무혁에게 떨어지는 금액은 84만 원이 되는 것이다. 하루에 아무 일도 하지 않고 벌어들이는 금액이 무려 84만 원. 엄청난 액수를 지속적으로 벌게 된 것이다.

일루전 주식도 꾸준히 매수하고 있었는데 덕분에 요즘은 돈과 관해서는 상당한 여유가 생겼다. 자신감도 부쩍 붙었고.

만족스러운 웃음을 뒤로하며 노트북을 껐다.

꽤 시간이 지났다. 이제 슬슬 나가야 할 때였다. 차를 몰고 공원으로 가서 3분 정도 기다리니 성민우가 도착했다.

"어디로 갈 거냐?"

"뭐, 간단하게 밥이나 먹으면서 이야기하자."

"오케이, 그럼 내가 가는 곳으로."

"그래."

성민우도 차를 끌고 앞장을 섰다.

잠시 후 식당에 들어가 자리를 잡은 두 사람은 음식을 먹으며 대화를 나눴다.

"일단 이번에 접속하면 놈들을 좀 흔들자고."

"그리고?"

"그리고 우린 빠지는 거지."

성민우가 고개를 갸웃거렸다.

"빠진다고?"

"어, 놈들이 우릴 찾으려고 혈안이 될 거 아냐?"

"그렇겠지."

"우린 그때 그냥 사냥하면서 레벨이나 올리는 거야. 그러다 악명 수치가 떨어지면 녀석들 사냥터에 들러서 털어버리고. 그러면 아무래도 길드원들이 좀 흔들리지 않겠냐?"

성민우가 히죽거리며 웃었다.

"엄청 짜증 나겠지."

"아이템 먹을 생각은 말자고. 그냥 죽이기만 하는 거야. 선제공격을 가해서라도. 그럼 악명이 오를 테고, 우린 다시 사냥터에 가서 악명 떨어질 때까지 사냥하는 거지. 악명 떨어지면 또 사냥터에 들러서 길드원 죽이고."

"근데 그러다 뒤라도 밟히면?"

"그럴 일 없어. 군마가 있으니까."

"으흠."

"이 방법밖에 없어. 연속적으로 사냥터를 털면 이번처럼 당할 수도 있으니까."

"오케이, 난 좋아."

"그리고 전투는 무조건 소환수로만 하는 거야. 우리는 최대한 먼 거리에 숨어 있고."

"알았어."

이후로도 이런저런 이야기를 나눴다. 시간은 오래 걸리겠지만, 지금으로선 이게 최선이다.

"그래, 끝까지 가 보자고."

잔을 부딪친 후 소주를 들이켰다.

"크으."

그리고 안주 하나.

다시 접속할 시간만을 기다리며 그렇게 시간을 보냈다.

다음 날, 쪽지와 메일을 확인하니 두개골, 그러니까 아무런 특성도 없는 말 그대로의 두개골을 판매하겠다는 유저가 3명, 무혁이 원하는 두개골을 판매하려는 유저가 2명이었다.

특성이 붙지 않은 두개골은 거절의 메시지를, 특성이 붙은 판매자에게는 거래를 원한다는 답장을 보냈다.

대화를 통해 경매장을 이용해 거래하기로 약속했다.

시간이 흘러 드디어 페널티 시간이 끝났다.

됐다!

곧바로 캡슐에 누웠다.

[새로운 세상에 오신 것을 환영합니다.]

접속하자마자 은신 스킬을 사용했다.

신전 내부에서 잠시 다른 곳을 보고 있던 하야꾸 길드원이 휙 하고 고개를 돌렸다.

"왜 그래?"

"방금 뭔가 번쩍했는데?"

"응? 아무도 없는데?"

"그 새끼, 은신 스킬 있잖아. 조심해야 돼."

"아, 맞다. 지금 여기 있는 거 아니겠지?"

"흐음, 시간이 되긴 했는데……."

"혹시 모르니까 한번 살펴보자."

"쩝, 귀찮네."

그러면서도 부지런히 움직였다. 양팔을 위, 아래, 좌, 우로 흔들면서 주변을 돌아다녔다. 무혁은 두근거리는 심장을 애써 억누르며 두 유저의 팔을 피해 이리저리 달아났다.

"흐음, 없는 거 같지?"

"어."

"잘 지켜보자고."

그때 신전의 문이 열렸다. 하야꾸 길드의 간부였다.

"별일 없냐?"

"아, 네. 아직 아무 일도 없습니다."

"그래, 잘 지켜봐라."

"네."

그가 다시 나가기 위해 문을 열었다.

끼이익.

이미 문 앞에서 기회를 엿보고 있던 무혁이었기에 간부를 따라 신전을 빠져나가는 것은 어렵지 않았다.

나오는 순간 무혁의 미간이 찌푸려졌다. 신전 주변에 깔린 하야꾸 길드원들 탓이었다. 대략 100명은 되어 보였는데 하나같이 경계심을 풀지 않고 있었다. 만약 무혁에게 은신 스킬이 없었다면 정말 게임을 접어야 했을지도 몰랐다.

삼시 후, 간부로 보이는 자와 부길드장이 자리를 비우자 유저들의 불만이 곳곳에서 터져 나왔다.

"하아, 시발. 언제까지 이래야 돼?"

"미치겠네. 사냥도 못 하고."

"겁나 짜증 난다, 진짜."

그들의 불만이 심해질수록 무혁은 한층 여유로워졌다. 그때 멀리서 간부와 부길드장, 그리고 미야모토가 다가왔다. 불만을 토로하던 길드원 전부가 입을 다물었다. 신전 앞에 도착한 미야모토가 물었다.

"그 새끼는?"

"아직 접속하지 않은 것 같습니다."

"무조건 죽인다. 그때까지 대기해."

"예……"

분노에 눈이 멀어 길드원의 상태를 파악하지 못하는 미야모토였다. 더 이상 볼 것도 없었다.

나야 좋지.

스윽.

조심스럽게 그곳을 벗어났다. 워프 게이트가 있는 다른 마을로 향한 후 성민우가 있는 다뎀브 마을로 이동했다.

"왔냐?"

"어, 일단 아이템부터 바꾸자."

"오케이."

"그리고 사냥부터."

"사냥? 놈들 흔드는 게 아니고?"

"어, 계획을 바꿨어. 보니까 길드원들이 상당히 불만이 많아 보이더라고. 한 이틀 정도 죽치고 있게 만들려고."

"큭, 재밌겠네."

물론 그 전에 해야 할 일이 있었다.

"아, 잠깐만."

"어."

경매장에 들어가 두개골을 검색하니 4개가 있었다.

가격은 각 10골드.

['두개골'을 구입하시겠습니까?]

[Yes/No]

10골드가 소모되었다. 곧바로 다음 두개골들도 구입했다.
전부 다 구입하여 40골드를 소모했다.

"나 두개골 거래했거든."

"헐, 대박."

"스켈레톤 진화 좀 시키고 올게."

"어어."

여관에 들러 곧바로 두개골을 바꿔 버렸다.

['검뼈1'이 진화를 시작······.]

진행도는 빠르게 솟구쳤다.

[변화를 마칩니다.]
······.

연달아 네 번이나 진화 메시지가 떠올랐다.
강화뼈가 12마리가 되는 순간이었다.

한편.
시간이 흘러도 무혁이 접속을 하지 않자 미야모토의 찌푸려
진 미간도 덩달아 짙어졌다.

"왜, 왜 안 오는 거야, 왜!"

몸이 부들거리며 떨려온다. 무혁을 죽이기 위해 시간을 허비하며 기다리고 있는 것인데, 벌써 3일째 소식이 없었다.

은신을 사용하여 이미 벗어난 게 아닐까 싶었지만 그렇다고 여기기엔 또 너무나 조용했다. 다른 제국이나 왕국, 마을에서 감시하고 있는 길드원에게서도 특이한 소식은 들어오지 않았고 점령한 사냥터에서도 아무런 피해가 없었다.

"이상해, 이상하다고."

그때의 눈빛을 잊을 수 없다. 끝까지 싸워보자던 표정은 쉽게 포기하거나 도망칠 분위기는 절대로 아니었다. 만약 은신을 사용하여 여기서 벗어났다면 적어도 점령한 사냥터의 길드원을 죽이기라도 했었어야 한다. 하지만 이 정도로 시간이 흐르니 의심이 가기도 했다.

도망친 건가?

"이 새끼……."

그렇게 생각하니 더 열 받았다. 시간만 허비한 꼴이었다.

"길드장님."

"뭐야?"

"언제까지 기다려야 할지……."

"하루만 더 기다려."

"알겠습니다……."

불만이 가득한 표정의 길드원을 애써 무시했다.

'빌어먹을.'

속으로 욕을 내뱉으면서.

레벨을 올린 무혁은 성민우와 하야꾸 길드의 사냥터에 들렀다. 주변을 경계하면서 몇 명이 있는지를 파악했다.

37명.

숫자가 많았지만 상관없었다. 60레벨 사냥터였으니까.

"시작하자."

"오케이."

각자 스켈레톤과 정령을 소환한 후 충분히 거리를 벌리고 소환수에게 명령을 내렸다.

키리릭.

갑자기 나타난 스켈레톤을 보며 당황스러운 표정을 짓던 하야꾸 길드원들의 안색이 이내 파리해졌다. 강화뼈 특유의 생김새와 정령 네 마리의 모습이 낯이 익었던 탓이다.

"이, 이거……."

"시발, 당했어."

다급히 유저들이 도망쳤으나 늦었다.

키아아악!

부르탄의 기파가 그들을 휩쓴 것이다.

물론 절반 정도는 기파를 피해 달아났지만 도망치는 유저들을 굳이 쫓지는 않았다. 원거리에서도 충분했으니까.

메이지의 마법과 뼈 화살이 도망치는 이들을 노렸고 15명의 유저를 즉사시켰다. 그사이 강화뼈와 검뼈, 기마병과 부르탄은 기파의 영향에서 벗어나지 못한 유저들을 포위했다.

포위 너머에는 정령 네 마리가 굳건하게 버티고 있었다.

그들이 빠져나갈 공간은 없었다.

공격 명령과 함께 소환수들의 공격이 시작되었고.

"개 같은⋯⋯!"

하야꾸 길드에 소한 유저들은 욕을 뱉으며 희미해졌다.

[악명이 상승합니다.]

[악명이 상승⋯⋯.]

순식간에 악명이 200에 가깝게 치솟았다.

그만.

무혁은 그제야 공격을 멈추고, 놈들이 쫓아올 수 없는 120레벨 몬스터, 카칸의 서식지로 이동했다.

카칸의 서식지 인근에서 잠시 휴식을 취하기로 하고 캡슐에서 나와 간단하게 밥을 먹은 후 쪽지와 메일을 확인했다. 두개골을 판매한다는 쪽지가 두 개 와있었다. 구입하겠다고 답장을 보낸 후 다시 일루전에 접속했다.

성민우를 계속 무구를 제작하고 있었다.

"기다렸냐?"

"조금."

곧바로 사냥을 가려다 혹시나 하는 마음에 경매장을 확인하니 두개골 2개가 올라와 있었다.

오, 좋아.

운이 좋게도 궁수 특성을 지닌 두개골도 1개 있었다. 곧바로 구입해 소환수를 진화를 시켰다. 덕분에 강화뼈는 13마리, 강활은 4마리가 되었다.

그 상태로 120레벨의 카칸을 찾아 주변을 돌아다녔다.

"왔다."

전갈처럼 바닥을 기어 다니는 몬스터 한 마리가 보였다. 긴 꼬리와 신체 곳곳에 돋아난 날카로운 뿔이 위협적으로 보였다.

"워후, 완전 무시무시하게 생겼네?"

"저기 있는 뿔 조심해."

"뿔?"

"어, 저 녀석 기술이 뿔을 날리는 거거든."

"흐음? 생각보다……."

"별로라고?"

"어, 저 정도면 뭐."

"그러다 큰코다친다."

"흐음?"

"보기와는 다르게 엄청나게 강해."

마지못해 고개를 끄덕이는 성민우였지만 납득하지 못한 표정이었다. 어차피 직접 붙어보면 알게 될 일이었기에 더 이상 언급하지 않았다. 아무리 강하다고 해도 한 방에 죽을 성민우도 아니었고, 한번 당해보면 정신을 차릴 것이라 여기면서 전투를 준비했다.

정령과 스켈레톤들이 움직였다.

"나도 간다."

"그래."

성민우 역시 앞으로 달려 나갔다.

키릭, 키리릭.

카칸 역시 바닥을 쓸면서 다가왔고, 접전이 벌어졌다.

"흐아아압!"

강화뼈와 정령, 그리고 성민우의 절묘한 연계가 이어진다. 조금은 긴장하고 있던 성민우의 표정이 천천히 풀려가는 그 순간.

쑤와아악.

갑자기 튀어나온 날카로운 뿔이 공간을 뒤덮었다.

"허업!"

나름 반응한다고 했지만 너무 빨라 피할 수가 없었다. 결국 뿔이 성민우의 갑옷을 때렸고 동시에 폭발했다.

콰아아앙!

이글거리는 불꽃이 바람에 흩날린 후.

"흐, 흐어어."

한참이나 바닥을 구른 성민우가 벌떡 일어나며 말했다.

"미, 미친. HP가 3천이나 줄었어!"

"그러게 조심하라니까."

이제야 제대로 고개를 끄덕이는 그였다.

"진짜 미쳤네."

카칸의 주변에 있던 강화뼈 역시 뒤로 한참이나 밀린 상태였다. 몇 마리는 역소환까지 당했다. 그 탓일까, 찰나였지만 카칸이 절대적인 몬스터로 느껴지는 성민우였다. 하지만 그것도 잠시였다.

풍폭, 강력한 활쏘기, 지팡이로 변형. 죽은 자의 축복, 검으로 변형. 윈드 스텝, 풍폭, 십자 베기!

각종 스킬을 뿜어낸 무혁이 카칸의 지척으로 다가가 검을 휘둘렀고 뿜어지는 놈의 절규가 그 분위기를 깨뜨린 것이다.

몇 번 더 공격하던 무혁이 뒤로 물러났고 다시 스켈레톤을 지휘했다.

허공을 수놓는 마법들과 뼈 화살의 향연, 부르탄의 기파와 기마병의 돌격, 앞에서 버티는 강화뼈와 무혁의 순간 대미지. 거기에 성민우와 그의 정령들까지.

시간은 꽤 걸렸지만 결국 카칸을 처치할 수 있었다.

[경험치가 상승합니다.]

성민우의 눈이 커졌다.

"와우, 경험치가 대박이네."

"120레벨이니까."

대답하며 카칸에게 다가간 무혁이 사체 분해를 실시했다.

[카칸의 뼈(×1)를 획득합니다.]

뼈의 특성은 힘, 강활의 어깨뼈 하나를 뽑고 그 자리에 카칸의 뼈를 넣었다.

[강활1의 민첩(0.15)이 하락합니다.]
[강활1의 힘(0.35)이 상승합니다.]

뼈 조립을 마친 무혁이 성민우를 보며 말했다.

"여기서 한동안 지내자고."

"좋지."

비록 의뢰를 받지는 못했지만 이 정도 경험치라면 시간 대비 효율이 나쁘지 않았다. 불만이 있을 수가 없었다.

"일단 좀 쉬고."

휴식을 위해 자리에 앉아 1회용 제작 도구를 꺼냈다.

카앙! 캉!

그리곤 망치를 휘둘렀다.

미야모토의 성깔이 또 도졌다.

"찾으란 말이다, 찾아!"

"하, 하지만 이 넓은 대륙에서……."

"의뢰라도 맡겨!"

"이미 맡겨놓은 상태인데……."

"그럼 직접 발로 뛰란 말이다! 그 새끼들이 갈 곳이야 뻔한 거 아냐? 우리가 못 쫓아오겠다 싶은 사냥터로 갔겠지. 적어도 110레벨 이상의 사냥터!"

"그, 그래서 더 문제야. 그냥 지나가려도 해도 몬스터가 많아서 그럴 수도 없어. 길드원 대부분이 죽을 거야."

부길드장이 오랜만에 제대로 된 말을 했다. 간부들도 고개를 끄덕였다. 다만 한 사람, 미야모토만이 수긍하지 못한 채 고개를 삐딱하게 세웠다.

"어이, 쇼타."

"으, 응?"

"많이 컸다, 너 이 새끼."

부길드장 쇼타가 고개가 숙여 미야모토의 눈을 피하자 간부들 역시 시선을 피했다.

하지만 그들 모두 마음속으로 같은 생각을 했다.

미친놈.

예전에는 그래도 저 더러운 성깔이 가끔 나와서 참을 수 있었는데 요즘은 시도 때도 없이 성격을 드러내고 있었다.

견디기가 어려웠지만 탈퇴한다고 하면 척살령이 떨어질 테니 그럴 수도 없었다. 불만만 계속해서 쌓을 수밖에.

"많이 컸다고, 어?"

"미, 미안해."

"하, 병신 같기는."

"……."

그건 쇼타도 마찬가지였다. 아니, 오히려 다른 길드원보다 불만이 훨씬 더 많았다. 받은 스트레스도 장난이 아니었고.

하지만 그렇기에 오히려 더 비굴하게 스스로를 포장한다. 가슴 깊은 곳에 갈무리하고 있는 한 자루의 예리한 비수를 절대 들키지 않기 위해서.

언젠가는……!

오늘도 그렇게 다짐하며 인내했다.

"뭐 해?"

"어?"

"당장 찾으러 나가라고!"

"으응!"

서둘러 회의실을 빠져나가는 부길드장과 간부들이었다.

카칸을 사냥한 지도 벌써 1주일째.

적응된 덕분에 처음보다 훨씬 쉽게 놈을 사냥하게 되었다. 물론 그래도 카칸이 사용하는 스킬을 피하는 건 어려웠다. 뿔이 보이지 않을 정도로 빠르게 날아오기 때문이다. 그나마 처음과는 달리 사전에 대비하고 아슬아슬하게 방패로 막아낼 수 있었다.

"좋아, 마무리 짓자고!"

"오케이!"

성민우가 돌진 스킬을 사용했다. 현란한 박투술이었다.

"으라차차차!"

이어진 소환수의 공격 덕분에 카칸을 쓰러뜨릴 수 있었다. 그 순간 떠오른 메시지들.

[경험치가 상승합니다.]

[레벨이 상승합니다.]

[강력한 활쏘기 스킬의 레벨이 상승합니다.]

오랫동안 기다린 문구였다.

드디어…….

짧은 희열을 만끽한 후 곧바로 스킬부터 확인했다.

[강력한 활쏘기(Master)]

궁수의 기본이 되는 스킬로 개량되어 잠재력이 높아졌다.

-기본 대미지×210%

-소모 MP : 15

-쿨타임 : 10초

스킬을 확인하자마자 메시지가 떠올랐다.

['강력한 활쏘기' 스킬를 마스터했습니다.]

[진화 스킬 '멀티샷'을 습득합니다.]

[멀티샷 1Lv(0%)]

기본적인 실력이 뒷받침되어 자연스럽게 사용할 수 있게 된 기술로 동시에 여러 발의 화살을 날린다. 레벨이 높아질수록 기본 대미지와 동시에 사용할 수 있는 화살의 수량이 증가한다.

-한 발당 기본 대미지×110%(현재 2발)

-소모 MP : 50

-쿨타임 : 15초

주먹을 강하게 쥐었다.

좋았어!

여기서 끝이라면 희열까지 느끼진 않았을 것이다.

자, 다음은 소환수 창.

강화뼈1 [진화]

강화뼈2 [진화]

강화뼈3 ……

두개골을 바꿔 끼운 소환수의 이름 오른쪽에 '[진화]'라는 두 글자가 반짝이고 있었다. 무혁의 레벨이 105가 되면서 소환수의 레벨이 100이 되었고 두개골을 바꾼 스켈레톤에 한해서 진화가 가능해진 것이다.

스윽.

손가락을 올린 후 진화를 눌렀다.

['강화뼈1'을 진화를 허락하시겠습니까?]

[Yes/No]

허락하지 않을 이유가 없었다.

예스.

강화뼈1의 뼈가 또다시 변하기 시작했다. 잠시 지켜보던 무혁은 강화뼈2부터 강화뼈13까지 모두를 진화시켰다. 다음으로 부르탄, 뒤이어 강활1, 2, 3, 4와 강화 메이지의 진화까지 허락을 마쳤다.

"후우."

멍하니 있던 성민우가 다가왔다.

"이, 이건 뭐냐?"

"진화."

"지, 지, 지, 진화?"

"어."

"미쳤구나, 미쳤어. 여기서 더 강해진다고?"

"이 정도로 놀라긴."

"이 정도라니! 너 놀랄 게 있겠어, 설마?"

"그럼. 앞으로 더 강해질 거거든."

"미친놈."

알고 있는 정보가 얼마인가. 이 정도도 못한다면 그게 오히려 바보일 것이다.

뿌득, 뿌드득.

그 순간 강화뼈1의 변화가 극에 달했다.

['강화뼈1'의 진화율 98%······.]

['강화뼈1'이 '아머나이트'로의 변화를 마칩니다.]

['대검'에 특화된 특성을 지니고 있습니다.]

[‘대검’을 사용할 경우 대미지(5%)가 상승합니다.]

[스킬 ‘강한 일격’을 습득합니다.]

[1레벨당 HP의 상승분이 10에서 15로 증가합니다.]

[HP(300), MP(100)가 증가합니다.]

[힘(15), 민첩(10), 체력(10)이 상승합니다.]

[물리 공격력(35)이 상승합니다.]

[물리 방어력(25), 마법 방어력(25)이 상승합니다.]

[공격 속도(5퍼센트), 이동속도(5퍼센트), 반응속도(3퍼센트)가 상승합니다.]

진화를 마친 강화뼈1, 아니, 이제는 아머나이트가 되어버린 녀석은 성스러울 정도의 순백색을 뿜어내고 있었다.

그 빛이 순식간에 아머나이트의 신체로 흡수되었다.

── 그제야 녀석이 제대로 눈에 들어왔다.

눈처럼 새하얀 자태와는 대조적으로 위압감은 압도적이었다. 이게 정말 스켈레톤이 맞는지조차 의심스러울 정도였다. 몸집도 엄청나게 커졌고 키도 2미터가 넘어버렸다.

182의 키를 지닌 성민우가 아머나이트의 옆에 서니 몹시 작아 보일 정도였다.

“와, 미친. 너무 크잖아.”

“좀 크긴 하네.”

그렇기에 더욱 만족스러운 무혁이었다.

['강화뼈2'가 '아머나이트'로의 변화를 마칩니다.]
['창'에 특화된 특성을 지니고 있습니다.]
['창'을 사용할 경우 대미지(5%)가 상승합니다.]
[스킬 '강한 일격'을 습득…….]

['강활1'이 '아머아처'로의 변화를 마칩니다.]
['단궁'에 특화된 특성을 지니고 …….]
[스킬 '파워샷'을 습득합니다.]

['강화 메이지'가 '아머메이지'로의 변화를 마칩니다.]
['지팡이'에 특화된 특성을 지니고 …….]
[스킬 '파이어 월'을 습득합니다.]

　뒤이어 강화뼈2부터 시작하여 다른 소환수의 진화도 끝이 났다. 아머 스켈레톤, 성스러울 정도의 새하얀 부대가 눈앞에서 무혁의 명령을 기다리고 있었다.

　흡족한 표정의 무혁은 순간 떠오른 생각에 고개를 돌렸다.

　참, 부르탄은?

　녀석은 아직도 진화 중이었다.

　느리네.

　현재 진화율이 80프로, 조금 더 기다렸다.

[진화율이 99%······.]

['부르탄'이 '아머나이트'로의 변화를 마칩니다.]

['두개골'에 특화된 특성을 지니고 있습니다.]

['두개골'을 사용할 경우 대미지(5%)가 상승합니다.]

[스킬 '강한 일격'을 습득······.]

부르탄 역시 다른 소환수와 크게 다르지 않았다. 몸집이 커졌고 키가 조금 더 자랐다. 상승하는 수치도 비슷했고 두개골을 한 손에 쥐고 있는 것도 여전했다.

아무튼 새로운 힘을 얻었으면 응당 사용해야 하는 것이 이치.

무혁은 서둘러 아머나이트의 이름을 정해준 후 진화를 하면서 얻게 된 스킬을 확인했다.

[강한 일격 1Lv(0%)]

말 그대로 강력한 힘을 담아 일격에 휘두른다.

-물리 공격력×130%

-소모 MP : 50

-쿨타임 : 30초

[파워 샷 1Lv(0%)]

압축시킨 마나의 힘을 화살에 담아 쏘아 보낸다.

-물리 공격력×130%

-소모 MP : 100

-쿨타임 : 30초

[파이어 월 1LV(0%)]

불꽃의 벽을 만들어 지속적인 대미지를 준다.

-마법 공격력×80%

-지속 시간 : 5초

-소모 MP : 200

-쿨타임 : 60초

소환수의 특성상 쿨타임은 길었지만 스킬은 상당히 괜찮았다.

스릉.

검을 뽑아 들고 성민우의 옆을 지나치며 말했다.

"좀 쉬고 있어."

"어?"

"얼마나 강해졌는지 테스트 좀 해보게."

"아, 그래."

일반 스켈레톤은 역소환했다. 진화를 거친 스켈레톤들의 전투력을 제대로 확인하고 싶었기 때문이다.

마침 카칸 한 마리가 보였다. 놈과의 거리가 충분히 좁혀졌을 때 아머나이트와 부르탄을 앞으로 보냈다.

키릭, 키리릭!

달려가는 13마리의 아머나이트와 한 마리의 부르탄.

카칸과 부딪쳤으나 아머나이트와 부르탄은 조금도 밀리지 않았다. 확실히 강화뼈일 때와는 수준이 다르다는 것일까.

무혁은 부드럽게 지휘를 이어갔다. 아머나이트들이 꽤나 날렵한 움직임으로 순식간에 카칸을 둘러쌌다.

전원, 강한 일격.

아머나이트의 검에 붉은 기운이 서렸다.

휘익.

카칸에게 검을 휘두르자 큰 폭발이 일어났다.

쿠와아앙!

생각보다 임팩트가 강했다.

['아머나이트1'이 491의 대미지를 입힙니다.]
['아머나이트2'가 485의 대미지를 입…….]

무려 13마리의 스킬은 상당한 피해를 입혔다.

이번 공격으로 6천이 넘는 HP를 줄였다.

진화하기 전이었다면 기껏해야 300 정도의 피해만 입혔을 것이다. 지금은 진화를 통해 대미지가 상당히 증가했고 또 스킬까지 사용했기에 500에 가까운 대미지를 입힌 것이다.

그걸 떠나서 카칸의 방어력이 150이란 사실만 알고 있어도 아머나이트의 대미지가 결코 낮지 않음을 알 수 있었다.

"호오."

물론 무혁은 그 사실을 아주 잘 알고 있었기에 감탄을 숨기지 않았다.

게다가…….

이제 겨우 시작일 뿐이었다.

파아앙!

아머아처의 파워 샷이 뿜어졌다. 화살촉이 꽂힌 카칸이 몸을 비틀며 발광했지만 아머나이트가 방패로 굳건하게 버티며 빠져나가지 못하도록 막았다.

뒤이어 아머메이지의 파이어 월이 발현되었다.

화르르륵.

솟구친 불의 장벽이 놈에게 지속적인 피해를 입혔다.

연달아 화염의 창을 사용했다.

콰아앙!

더 이상 견디지 못한 놈이 순간적으로 몸을 말았다. 온몸의 뿔이 사방으로 뿜어졌다.

이번 공격은 아머나이트들도 견딜 수 없었다. 방패로 막았음에도 불구하고 한참이나 밀려났다. 방패로 막지 못한 일부 아머나이트는 HP가 절반 이상 깎여 나갔다.

그 틈을 노리며 포위망을 뚫으려는 카칸.

키아아아악!

그 순간, 부르탄이 기파를 내뿜었다.

크, 크어……?

균형 감각을 잃은 카칸이 움직임을 멈추자 그사이 아머나이트가 다시 접근해서 카칸을 포위했다.

균형 감각을 되찾은 카칸이 다시금 돌파를 시도했지만 방패에 막히고 말았다. 괴성과 함께 몸부림을 쳤으나 아머나이트는 굳건하게 버텨냈다.

죽은 자의 축복으로 HP도 수시로 채워주며 틈이 생기지 않도록 주의했다. 그렇게 한동안 지켜보던 무혁이 변형을 사용해 검을 활로 바꾼 후 시위에 화살을 걸었다.

풍폭, 강력한 활쏘기. 화살이 바람을 꿰뚫고 날아갔다.

[1,195의 대미지를 입힙니다.]

[2,147의 추가 대미지를 입힙니다.]

마스터 레벨 강력한 활쏘기의 대미지는 무려 210퍼센트, 여기에 풍폭까지 적용되니 압도적인 대미지를 보여주었다.

스윽.

이번에는 두 대의 화살을 손가락 사이로 잡았다.

풍폭, 풍폭. 멀티샷. 두 대의 화살이 뻗어 나간다.

좌우로 포물선을 그리며 날아간 화살이 자연스럽게 카칸의 신체에 꽂혔다.

[340의 대미지를 입힙니다.]×2
[612의 추가 대미지를 입힙니다.]×2

강력한 활쏘기보다 대미지가 많이 적었지만 두 대의 화살이 타격을 입힌 덕분에 총 대미지는 나쁘지 않았다. 스킬의 레벨이 오르면 한 번에 쏘는 화살도 많아지고 대미지도 증가하기에 지금 판단할 필요는 없었다. 레벨만 오른다면 강력한 활쏘기보다 훨씬 더 유용한 스킬이 될 것이다.

잡념을 떨치고 다시 전투에 집중했다.

발광하는 카칸으로 인해 아머나이트 몇 마리가 역소환을 당한 상태였다.

쿨타임은?

확인해 보니 1초가 남은 상황이었다.

잠깐 기다린 후.

아머나이트, 강한 일격. 아머아처, 파워 샷, 연사.

다시 한번 큰 대미지를 입혔다.

크워어어어!

또 한 번 뿔을 뿜어내는 카칸으로 인해 아머나이트 두 마리가 더 역소환을 당했다. 이후로도 접전을 펼쳤고 결국 아머나이트 9마리가 역소환 당했을 때 놈을 처치할 수 있었다.

[경험치가 상승합니다.]

생각보다 훨씬 더 사냥이 쉬워졌다.

그 정도로 강해진 거겠지.

몸을 돌린 무혁이 성민우에게로 향했다.

"가자."

"어딜?"

"하야꾸 길드 사냥터 쓸어버리러."

놈들을 뒤흔들 차례였다.

하야꾸 길드가 점령한 최고 레벨의 사냥터.

"여기야?"

"어."

97레벨 몬스터의 서식지인 파크발린의 숲을 무혁과 성민우 두 사람이 노리고 있었다.

"일단 살펴보고 올게."

"오케이."

은신을 사용해 파크발린의 숲을 돌아다녔다.

일단 한 팀, 다섯 명으로 이뤄진 파티였다.

위치를 파악한 후 다시 움직이기 시작했다.

그런데 한참을 돌아다녀도 처음 발견했던 이들을 제외하고는 더 이상 하야꾸 길드원이 보이지 않았다.

아무래도 고레벨 유저 대부분이 무혁과 성민우를 탐색하는 데에 초점을 맞춘 모양이었다.

아, 찾았다.

그러다 네 명으로 이뤄진 파티를 하나 더 찾았다. 장갑의 문양을 확인한 후 성민우가 기다리고 있는 곳으로 돌아갔다.

은신 해제.

은신을 풀자 성민우가 흠칫했다.

"아, 놀래라. 몇 팀이나 있어?"

"두 팀."

"에게, 겨우 두 팀?"

"어, 우리 찾느라 유저 대부분이 빠진 모양이더라."

"흐음, 지금 있는 유저들 숫자는?"

"아홉."

성민우의 입꼬리가 올라갔다.

"어렵지 않겠네."

"그렇지."

곧바로 스켈레톤과 정령을 소환했다. 소환수와 너무 멀어지면 시야 확보 스킬이 적용되지 않기에 거리를 잘 조절해야만 했다. 적당한 곳을 발견한 두 사람은 그곳에 모습을 숨긴 후 소환수를 지휘했다.

스켈레톤 다수와 정령 네 마리가 사방으로 갈라졌다.

첫 번째 팀이 위치한 곳을 중심으로 하여 거대한 원을 그리듯 포위한 후 서서히 거리를 좁혔다. 주변을 상세하게 살피는 것도 게을리하지 않았다.

거의 다 왔고.

마침 사냥 중인 하야꾸 길드원이 보였다.

최소 레벨 90.

예선이었다면 그래도 조금은 긴장했겠지만, 지금은 그럴 필요도 없었다. 겨우 다섯의 유저를 상대로 긴장하기엔 아머나이트와 아머아처, 아머메이지가 너무나 강력했으니까.

"어, 저거 뭐야?"

사냥 중이던 하야꾸 길드원 한 명이 스켈레톤을 가리켰다.

"지금 바빠!"

"아니, 저기 좀 봐."

"아, 뭔데!"

전투에 집중하던 유저가 고개를 돌렸다.

……!

보이는 광경에 굳어버렸다.

"아, 젠장……."

"왜 그래?"

"그 새끼야, 그 새끼라고!"

그 새끼라는 단어만으로도 알아들은 모양이었다. 전투 중이던 유저 모두가 뒤로 물러나며 인상을 찌푸렸다.

사방을 훑었지만 도망칠 곳은 보이지 않았다. 말도 안 되는 숫자의 스켈레톤이 거리를 좁혀오고 있었기 때문이다.

키릭, 키리릭.

곧이어 도착한 스켈레톤들이 그들을 압박했다.

아머나이트가 붉어진 검을 휘두르자 폭발이 일어났다.

그것을 본 이들이 당황하여 소리쳤다.

"뭐야!"

"스킬까지 쓰는 거야? 이런 말은 없었잖아!"

뒤이어 쏟아지는 파워 샷과 연사.

파앙!

아머메이지의 파이어 월과 각종 마법까지.

"시, 시발……."

다섯 명이서 버티기엔 무리가 있었다.

[악명(10)이 상승합니다]×3

30의 악명이 올랐을 때 무혁은 스켈레톤들에게 대기를 명령했다. 이미 HP가 바닥까지 떨어진 상태라 이어진 정령들의 공격을 버티지 못하고 남은 두 명의 유저가 죽었다.

20의 악명은 성민우가 얻게 되었다. 무혁 홀로 악명을 얻는 걸 방지하기 위해 사전에 합의한 부분이었다.

"넌 30이지?"

"어."

"여기 한 팀 더 쓸고 다른 곳도 가능하겠는데?"

"오늘은 최대한 돌아보자."

남은 한 팀을 마무리 짓고 마을로 향했다. 마을에 도착하기 전에 군마를 역소환했다. 혹시나 마을에 하야꾸 길드원이 있을 수도 있었기 때문이다.

다행히 아무 일 없이 워프게이트를 이용할 수 있었다.

"베바 마을에 오신 것을 환영합니다."

베바 마을.

그곳에서 하야꾸 길드원 한 명을 발견했지만 모른 척했다. 어차피 그 유저도 아이템을 바꿔서 착용한 무혁과 성민우를 알아보지 못했으니까.

이후 마을을 벗어나 군마를 타고 하야꾸 길드가 점령한 또다른 사냥터로 향했다. 80레벨의 사냥터였는데 이곳에는 생각보다 많은 유저가 자리를 잡고 있었다.

대략 20명. 학살하기엔 아주 적당한 숫자였다.

하야꾸 길드 vs 무혁과 성민우.

꼬리를 무는 싸움이 벌써 2개월이 넘게 이어지고 있었다.

중간에 성민우가 한 번 죽어버려서 위기가 찾아오기도 했지만 용병 길드에 의뢰까지 맡기면서 그 위기를 극복했다.

의뢰금이 엄청나게 나갔지만 그래도 게임을 접는 것보다는 나았다. 이후로 더욱 신중하게 움직인 덕분에 두 사람 모두 더 이상 죽지 않고 하야꾸 길드를 괴롭힐 수 있었다.

싸움이 2개월 정도 지속되니 하야꾸 길드의 내부에서 분열의 조짐이 보이기 시작했다.

"하아, 도저히 안 되겠다."

"어쩌려고?"

"탈퇴해야지."

"그러다 척살령 떨어져."

"됐어. 하는 꼬락서니 보니까 척살령 내려봤자 별 의미도 없겠더구만."

"그건 그놈들이 괴물인 거고."

"아, 몰라!"

"진짜 탈퇴하게?"

"어, 할 거야. 더러워서, 진짜. 2개월 동안 뺑이만 치고 뭐하는 짓이냐고, 이게."

"하긴……."

한 명이 탈퇴를 선언하자 마음이 흔들린 일부 유저가 따라서 탈퇴를 하겠다고 선언했다.

그렇게 모인 유저가 15명가량. 그들이 서로를 보며 고개를 끄덕이더니 허공을 바라보며 몇 번 손짓했다.

['하야꾸' 길드에서 탈퇴했습니다.]

뒤이어 떠오른 메시지를 바라보며 입을 열었다.

"난 탈퇴했다."

"나, 나도."

"더러워서 나간다!"

그리고 그 모습을 부길드장 쇼타가 지켜보고 있었다.

분위기가 조금씩 번졌다.

"에이씨, 나도 한다!"

"나도!"

어쩌다 보니 수십 명의 유저가 하야꾸 길드에서 탈퇴하게 되었다. 하지만 부족했다. 지켜보던 쇼타는 고개를 저으며 본부 내부로 들어갔다.

아직은 아니야.

쇼타는 대략 30분이 지났을 즈음 자신이 목격했던 장면을 미야모토에게 보고했다. 소식을 접한 그가 곧바로 척살령을 내렸지만 이미 탈퇴한 유저는 곳곳으로 흩어진 후였다.

게다가 발견하더라도 지금까지 함께 지내왔던 동료를 죽이는 게 어디 쉬운 일이겠는가. 은연중에 반발심이 생기면서 죽일 수 있는 상황에도 그냥 놓아주는 경우가 생겼다.

"고맙다!"

"하아. 모르겠다, 나도."

"너도 그냥 탈퇴해!"

멀어지는 탈퇴 유저를 보는 그들의 심정이 어떠할까.

흔들릴 수밖에 없으리라.

안 그래도 불이 났는데 여기에 기름을 붓는 자들이 있었으니 그들이 바로 무혁과 성민우였다. 며칠 조용하더니 오늘 또다시 미야모토의 귀에 보고가 올라왔다.

"88레벨 사냥터?"

"으응, 17명이 죽었어."

"17명……!"

미야모토의 주먹이 부들거리며 떨렸다.

"벌써 2개월이야, 2개월!"

"……."

"언제까지 이럴 거냐고!"

"기, 길드원도 꽤 탈퇴를 해버려서 인원도 비고……."

"그깟 몇십 명!"

사실 그까짓 거라고 치부할 수준은 아니었다. 대략 10퍼센트에 해당하는 인원이 빠져 버린 것이니까.

게다가 유저들이 수시로 죽으면서 길드의 성장 역시 멈춰 버린 상태였다. 두 명의 유저를 찾기 위해 혈안이 되어 길드원을 사냥이 아니라 추적과 탐색에 올인했으니까.

그걸 알면서도 미야모토는 도저히 포기할 수가 없었다.

지금까지 허비한 시간이 아까워서라도 더더욱.

"17명."

"응?"

"17명이라고 했지?"

"으응."

"그럼 악명에 여유가 있겠네."

"그, 그렇겠지?"

"좋아, 지금 길드원들 100명씩 다섯 그룹으로 나눠서 70, 80, 90레벨 사냥터에 대기시켜. 이번엔 그 새끼들 무조건 잡으라고 해, 무조건!"

방 밖으로 나간 부길드장이 길드원들에게 명령을 전했다.

"아, 시발."

누군가의 욕에 좌중이 고요해졌다.

"솔직히 이건 아니잖아!"

"진짜 너무 하네."

한계까지 참았던 유저들이 또다시 탈퇴했다.

"나도 탈퇴해야겠다."

그때 쇼타가 나섰다.

"저기, 잠깐만."

"왜요? 부길드장님이 우리 막으려고요?"

"아니, 그게 아니고."

"그럼요?"

쇼타가 잠시 침을 삼켰다.

이곳에 모인 길드원은 하야꾸 길드의 전부다.

지금도 신중해야 할까?

이내 고개를 젓는다. 지금까지 충분히 신중하게 생각했으니 결정을 내린 지금은 행동해야 할 때였다. 길드원들의 불만이 극에 도달한 이때가 절호의 타이밍이기도 했고.

"나도 탈퇴하려고."

"예?"

"그게 무슨……?"

"그리고 내가 길드를 만들 거야. 하야꾸 길드에게 척살을 당하는 걸 막기 위해서라도 일단은 뭉치는 게 좋을 것 같거든. 그러다 좀 잠잠해지면 그냥 길드를 해체할 생각이야. 이후로는 자유롭게 알아서들 일루전을 즐기는 거고."

길드원들의 눈이 반짝였다.

일단은 뭉치고, 이후 흩어진다. 그게 마음에 든 것이다.

"진짜요?"

"으응."

"언제 만들게요?"

"지금 바로. 이미 준비는 다 해놨거든."

"뭐, 그럼 더 고민할 것도 없네. 나도 탈퇴! 그리고 부길드장님이 만든 길드에 잠시 가입 좀 할게요."

"그래."

"오오, 좋은데?"

"나도 탈퇴!"

"시발, 그래 하야꾸에서 나가자고. 여기 있어 봤자 어차피 게임도 못 즐기잖아."

"매일 헛짓거리만 하고."

그 말이 결정타였던 걸까.

"그래, 나간다, 나도!"

"나도!"

하야꾸 길드에서 엄청난 지원을 받은 극히 일부 정예를 제외한 나머지 대부분이 탈퇴를 해버렸다. 400명 이상이 탈퇴한 덕분에 남은 유저는 100명도 되지 않았다.

탈퇴한 이들 모두가 쇼타를 따라 이동했고 쇼타는 곧바로 길드를 설립하여 그들을 받아들였다.

뒤늦게 그 사실을 알게 된 미야모토가 정예 90여 명에게 쇼타 길드원을 척살하라는 명령을 내렸지만 수가 부족해서 할수 있는 일은 없었다. 쇼타 길드가 어디서 사냥하는지조차 파악하기가 어려웠으니까.

"발견했다고?"

"네."

"어디야!"

"동문 사냥터였습니다."

"어디 동문 사냥터!"

"와칸 제국이요."

와칸 제국이란 말에 미야모토가 실소를 터뜨렸다.

"큭, 그랬다 이거지?"

와칸 제국은 바로 이곳, 하야꾸 길드가 위치한 곳이었기 때문이다.

"바로 앞에 있었던 거였어. 이 개자식! 으아아아악!"

반쯤 미쳐 버린 미야모토가 쇼타 길드원을 박살 내기 위해 직접 남은 정예를 이끌고 와칸 제국의 동문을 나서 사냥터로 진격하는 그 순간.

"오랜만이다?"

갑자기 나타난 두 사람이 미야모토의 앞을 막아섰다.

제3장
미야모토 학살

2개월이란 시간 동안 참으로 많은 성장을 이뤘다.

성민우는 저레벨 보스 몬스터를 사냥해서 보상으로 스킬을 선택했는데 운 좋게도 '하급 정령 소환'이었다.

[하급 정령 소환]

소환 가능한 계열의 하급 정령 2마리를 소환한다. 하급 정령의 능력은 본래 정령의 70퍼센트 수준이다.

성민우의 경우 물, 불, 바람, 흙. 이렇게 4가지 계열의 정령을 소환할 수 있었다. 그러니까 각 계열당 2마리씩, 총 8마리의 정령을 더 소환할 수 있게 된 것이다.

물론 능력이야 본래의 정령보다 조금 뒤떨어졌지만 결코 약한 수준은 아니었다.

　무혁의 경우에는 두개골을 계속 구입한 덕분에 현재 아머 스켈레톤의 수가 급격하게 늘어난 상태였다. 소환 스킬의 레벨도 꽤 올랐고.

　"진짜 더럽게 많네."

　성민우의 말이 정확했다. 정말 많았다.

　일단 스켈레톤 전사만 무려 32마리였다. 부르탄을 포함한 아머나이트가 23마리였고 나머지 9마리만이 일반 검뼈였다. 스켈레톤 궁수는 16마리, 아머아처가 11마리였고 나머지 5마리가 일반 활뼈였다. 스켈레톤 메이지는 10마리, 아머메이지가 4마리였고 나머지가 일반 메이지였다. 그리고 기마병이 5마리 중에서 2마리가 아머기마병이었고 3마리가 일반 기마병이었다.

　기마병의 경우 진화를 거치면서 말과 탑승하고 있는 스켈레톤이 동시에 변화했는데 말은 호랑이를 연상시킬 정도로 거칠게 변했고 기마병은 몸집과 키가 조금씩 자라났다.

　아머나이트와는 달리 팔이 조금 더 길어졌는데 랜스를 쥐여주니 조금 자란 팔이 생각보다 큰 이점으로 작용했다. 사정거리도 늘어났고 찌르는 속도도 한층 더 빨라졌다. 덕분에 관통력도 늘어났다. 그리고 스킬은 예상대로 찌르기였다.

[가속 찌르기 1Lv(0%)]

순간적으로 속도를 높여 찌르기의 파괴력을 극대화시킨다.

-물리 공격력×130%

-소모 MP : 80

-쿨타임 : 30초

순간적으로 빨라지는 말과 길어진 팔을 활용한 찌르기의 조합은 상상 그 이상이었다.

군마를 제외한 전투용 스켈레톤의 수는 63마리였고 그중에서 진화를 거친 아머 스켈레톤의 숫자가 40마리였다.

성민우의 더럽게 많다는 말이 결코 과장이 아니었다.

"너도 늘었잖아."

"뭐, 난 그래 봤자 12마리지."

퉁명하게 대꾸하면서도 성민우는 본인이 소환한 정령들을 바라보며 미소를 지었다. 정령이 12마리로 늘어나면서 전투력이 급격히 상승한 덕분이었다.

"찬, 얘기 들었나?"

"뭐? 부길드장이 길드원 데리고 탈퇴한 거?"

"어, 봤네?"

"워낙 이슈니까."

"우리가 좀 유명해지긴 했지."

하야꾸 길드에서 탈퇴한 유저가 증언을 시작하면서 떠돌던 소문이 사실로 확인되었다.

덕분에 겨우 두 사람이 총인원이 600명에 달하는 길드를 박살 내고 있다는 이야기가 퍼졌고, 많은 질문과 의문, 그리고 증언들이 자유게시판을 뒤덮은 상태였다.

"속임수는 아닌 것 같지만, 그래도 한번 확인해 보자고."

"그래야지."

"그리고 진짜면 이제 끝내자고."

성민우가 고개를 끄덕였다.

2개월의 긴 시간, 이렇게 오래 싸울 줄 누가 알았겠는가.

"그러자. 이제 지겹다."

성민우가 먼저 하야꾸 길드 본부를 감시했고 무혁은 사냥터를 돌아다녔다.

그렇게 3시간 정도 후에 무혁과 성민우의 역할이 바뀌었다. 이번에는 무혁이 길드를 감시했고 성민우가 돌아다니면서 정보를 취합했다.

덕분에 하야꾸 길드의 부길드장이었던 유저가 길드원 대다수와 함께 탈퇴했음을 확인할 수 있었다.

"탈퇴했던 부길드장이 길드까지 만들었더라."

"그럼 됐네."

마침 미야모토가 길드를 빠져나왔다. 남은 길드원을 모두 끌고서.

"저게 전부인 것 같지?"

"어."

"저 정도면……."

충분히 정면승부를 감행할 수 있을 것 같았다.

무혁이 성민우를 쳐다봤다.

"끝내자."

"진짜?"

"어."

"흐음, 위험하다 싶으면 튄다."

"당연하지."

"좋아, 가 보자고."

미야모토의 뒤를 몰래 따라갔다.

동문을 벗어나면서 몸을 숨길 곳이 사라졌다. 드넓은 초원 이디에 있더라도 눈에 들어올 수밖에 없었다. 그래서 먼저 움직여 미야모토의 앞을 막아버렸다.

"오랜만이다?"

무혁의 인사에 미야모토가 걸음을 멈췄다.

"니, 너 이 새끼."

"이제 끝내야지."

"끝을 낸다고? 숨어다니기만 하던 벌레들이, 감히……!"

"말이 많네."

무혁은 무시하며 스켈레톤들을 소환했다.

성민우 역시.

"소환."

63마리의 스켈레톤과 12마리의 정령이 등장했다.

불어오는 바람. 그리고 잠깐의 적막감.

미야모토야 잘 모르겠지만 그의 뒤에 있는 정예 90여 명의 유저는 지금 눈앞에 나타난 스켈레톤과 정령이 얼마나 강한지 알고 있다.

특히 아머나이트의 경우에는 한 마리가 90레벨대의 유저 두 명을 상대로 버텨내는 게 가능하다. 두 마리가 뭉치면 유저 세 명과 접전을 펼칠 수 있고 세 마리가 모이면 네 명의 유저를 제입할 수 있다.

게다가 12마리의 정령 역시 동시에 유저 열 명 이상을 상대하는 게 가능했기에 자연스럽게 기세가 떨어졌다.

"뭣들 하는 거야!"

"예……?"

"저 미친 뼈다귀들, 쓸어버리라고!"

"……."

어디 그게 쉬운 일이겠는가.

그래도 길드장의 명령이었다. 아니, 명령이 아니더라도 싸울 수밖에 없었다.

키릭, 키리릭.

소환수들이 다가가고 있었으니까.

"온다……!"

"준비하라고!"

아머나이트 23마리와 검뼈 9마리가 사방으로 퍼지더니 그룹을 이루기 시작했다. 대검을 사용하는 아머나이트끼리, 창을 사용하는 아머나이트끼리, 그리고 장검, 해머, 단검을 사용하는 아머나이트끼리 뭉친 것이다.

특성에 맞는 무기를 사용해야 대미지가 증가하기 때문에 어쩔 수 없이 새롭게 맞췄었는데 지금은 아주 만족하고 있었다. 무기를 바꾸면서 스켈레톤들의 전투하는 스타일 역시 바뀌었는데 그 덕분에 몬스터나 유저들을 보다 쉽게 제압할 수 있게 되었다.

이번에도 마찬가지일 것이다. 다만 악명을 올리지 않기 위해선 먼저 저들에게 공격을 당할 필요가 있었다. 다행이라면 미야모토가 분노에 정신이 반쯤 나간 상태라 공격을 유도하는 건 어렵지 않을 것 같았다.

"뭣들 하냐고!"

"예……?"

"공격하란 말이다, 병신들아!"

"하지만……."

"병신 새끼들!"

미야모토가 검을 뽑더니 아머나이트에게 달려들었다. 그리곤 거칠게 공격을 퍼붓기 시작했다. 아머나이트는 여유롭게 방패로 막아냈고 그때 정당방위 메시지가 떠올랐다.

그제야 무혁의 본격적인 지휘가 시작되었다.

키릭, 키리릭.

아머나이트들이 유저들을 밀어붙였다.

"크읍!"

"조금만 버텨!"

"힐!"

본격적인 접전이 펼쳐지면서 유저들이 스킬을 난사했다.

"파워 어택!"

"파이어 스피어!"

"멀디 샷!"

예전이라면 당하기만 했으리라. 하지만 이젠 아니다.

아머 스켈레톤 역시 스킬을 사용할 수 있게 되었으니까.

강한 일격, 파워 샷. 그리고 각종 마법들까지.

쾅쾅과광!

서로를 향한 스킬들의 향연이 한동안 이어졌다.

접전 사이로 언뜻 불어오는 바람.

휘잉.

무혁의 빠른 움직임이 만들어낸 자연스러운 현상이었다.

"크헉!"

한 명의 유저를 죽이고 다시 스킬을 사용했다.

윈드 스텝.

빠르게 움직이며 아머나이트와 교전하고 있는 유저의 뒤를
쳤다.

"이 개새……!"

그 탓에 허무하게 죽어 나가는 하야꾸 길드원이 늘어났다. 무혁의 레벨과 스탯이 그들을 압도하니 당연한 일이었다.

그렇게 한 명, 또 한 명을 죽이면서 쉴 새 없이 돌아다녔다. 동시에 조금씩이지만 미야모토와의 거리를 좁혀 나갔다.

예전과 마찬가지로 길을 막아서는 이들이 존재했지만, 그때 와는 다르게 그리 어렵다는 생각이 들지 않았다.

서걱.

막는다면 베어버리면 그만이다.

그 정도로 격차가 생겨 버린 것이다.

"뭣들 하는 거야!"

미야모토가 고함을 질렀지만 달라질 건 없었다.

"크읍!"

죽이고, 또 죽이면서 나아갔다.

"병신들, 저리 비켜!"

결국 지켜보는 걸 포기한 미야모토가 걸음을 내디뎠다. 분노로 이글거리는 얼굴을 숨기지 않고 검을 뽑아 든다.

"도대체 이유가 뭐냐!"

"뭐가?"

"왜, 왜 이렇게까지 우리 길드를 힘들게 하냐고!"

무혁이 실소를 터뜨렸다.

"먼저 시비 건 건 너희들이잖아."

"우리가 도대체 뭘!"

"그거야 네가 가장 잘 알겠지. 척살령을 내린 건 너니까."

미야모토가 몸을 떨었다.

안다, 알고 있다.

그때는 너무나 쉽게 명령을 내렸다.

척살하라고.

설마 두 명에게 이렇게까지 몰릴 줄은 몰랐으니까.

아무튼 싸움은 그렇게 시작되었고 단기간에 상당한 피해를 보자 이성을 잃었다. 분노만이 남아 처음에 싸웠던 이유는 뒷전이 되었다. 부서진 자존심을 회복하기 위해서라도 척살령을 무를 수가 없었다.

조금이라도 일찍 정신을 차렸더라면. 그래서 외부적으로 망신을 당하지 않을 수준만 되었더라도 척살령을 철회하고 없던 일로 했을 것이다. 그럼 이렇게까지는 되지 않았으리라. 하지만 이미 늦어버린 상황이다. 너무 늦게 정신을 차렸고, 그 탓에 물러날 곳이 사라졌다. 끝을 봐야만 했다.

"빌어먹을……."

자조하며 검을 치켜들었다. 그리곤 무혁에게 달려들었다.

느려.

미야모토의 움직임이 훤히 보였다.

한 걸음 앞으로 나아가며 방패를 밀어내자 검을 끝까지 휘두르지 못한 미야모토가 균형을 잃고 비틀거렸다. 그 순간을 놓치지 않고 검을 내지르는 무혁이었다.

그래도 나름 길드장이란 걸까. 재빨리 균형을 잡더니 검면으로 무혁의 공격을 막아냈다. 쇳소리가 울리며 빛이 번쩍거린다.

카가강!

잠시 물러난 두 사람이 다시 부딪쳤다.

"흐읍!"

몇 번 공방을 주고받던 무혁의 눈매가 예리해졌다. 미야모토가 방패를 너무 높게 들어 올린 것이다.

아마도 시야가 가려졌으리라.

윈드 스텝.

무혁은 재빠르게 그의 등 뒤로 이동했다.

풍폭, 십자 베기.

미야모토는 뒤늦게 몸을 틀었지만, 공격을 막지 못했다.

[659의 대미지를 입힙니다.]

[1,179의 추가 대미지를 입힙니다.]

상당한 대미지에 미야모토의 표정이 굳었다.

스윽.

뒤로 물러나는 그의 모습을 바라보며 무혁이 웃었다.

동시에 검이 활로 변했고 한 대의 화살이 시위에 걸렸다.

풍폭, 강력한 활쏘기.

거리가 있다고 안심하던 미야모토가 당황하며 방패로 막는다.

윈드 스텝으로 자리를 이동한 무혁은 그가 막아내지 못할 곳을 노리며 시위를 놓았다.

파앙!

곧바로 세 대의 화살을 쥐었다, 풍폭을 세 번 사용한 후.

멀티샷.

미야모토를 돕기 위해 다가오는 세 명의 유저를 노리며 스킬을 사용했다.

세 대의 화살이 각기 다른 궤도를 그리며 뻗어 나갔다. 하야꾸 길드원 한 명은 무시했고 두 명은 방패로 막았다.

방패를 꺼내지 않은 유저는 화살이 복부에 꽂히면서 그 파괴력에 뒤로 밀려났고 방패를 든 두 명은 그래도 자리를 지켜내며 기회를 엿봤다.

하지만 뒤이어 날아온 아머아처의 파워샷과 연사에 적중당하며 로그아웃을 당했다.

파밧.

무혁은 그사이 이미 미야모토의 지척에 도달한 상태였다.

"흡!"

그가 방어하기 위한 준비를 취할 때.

키아아아악!

기파가 날아와 등 뒤를 때렸다.

"아……!"

균형을 잃은 미야모토가 비틀거렸고 무혁은 여유롭게 옆으로 이동하여 검을 들어 올렸다.

"막아!"

하야꾸 길드원 몇 명이 다가왔으나 그들보다 빠른 아머기마병이 길을 막아버렸다. 이미 소환수들의 시야로 전황을 파악하고 있었기에 여유롭게 해야 할 일을 할 수 있었다.

그를 내려다보며 입을 연다.

"잘 가라."

정신을 차린 미야모토가 손을 뻗었다.

"자, 잠깐……!"

말을 들어줄 생각은 없었다.

휙.

내리꽂힌 검이 그의 가슴을 꿰뚫었다.

[유저 '미야모토'를 죽였습니다.]

곧이어 희미해지더니 사라졌다.

툭.

아이템을 주운 후 몸을 돌려 전장으로 눈을 돌렸다.

상황은 유리했다.

곧 끝나겠네.

느긋하게 움직이며 곳곳에 떨어진 아이템을 하나씩 줍기 시작했다.

이번 전투는 먼저 공격을 받으면서 정당방위가 성립되었다. 덕분에 유저를 죽일 때마다 50퍼센트의 확률로 아이템을 획득할 수 있게 되었다.

마지막까지 남은 정예 길드원이기 때문일까. 아이템의 옵션이 대부분 괜찮았다. 몇 개는 정말 뛰어난 수준이었고.

좋은네.

무혁의 입가로 슬며시 미소가 그려졌다.

남은 하야꾸 길드원은 대략 10명.

그들이 양손을 들었다.

"자, 잠시만!"

"뭐야?"

"하야꾸 길드에서 탈퇴할 테니 더 이상은……."

"이제 그만하자고?"

"그, 그래."

무혁이 그들과 거리를 좁혔다.

"좋아."

너무나 쉬운 대답에 오히려 그들이 당황한 표정이었다.

"대신 내일부터."

"뭐……?"

"내일부터 그만하자고."

"그, 그런 게……."

"시발, 장난하냐!"

"싫으면 말고."

무혁은 소환수에게 공격을 명령했다.

콰과과광!

남아 있던 하야꾸 길드원이 모두 죽었다.

떨어진 아이템은 6개.

"크으, 아이템 밭이구나!"

"좋냐?"

"당연하지. 근데 이제 진짜로 끝난 건가?"

"아직은 아니지."

"어? 뭐가 더 남았나?"

"길드장."

사실 길드원의 경우 접속하면 탈퇴할 수밖에 없을 것이다. 이 정도로 압도적인 힘의 차이를 보여준 이상 정상적인 유저라면 남아 있지 않을 테니까.

그럼 남는 건 길드장, 미야모토 한 명이다. 그는 이제 겨우 두 번 죽었을 뿐이다. 조금 더 괴롭힐 필요가 있었다.

"자금이 많단 말이야."

"그렇지."

"그걸 바탕으로 다시 유저를 끌어모으면 귀찮아지거든."

"아……."

"확실하게 하자고."

"뭐, 좋을 대로."

잠깐 휴식을 취한 두 사람은 와칸 제국으로 돌아가 방을 하나 잡고 인벤토리에서 아이템을 꺼냈다.

와르릉.

각종 무구들과 액세서리와 일회용품들 사이에 잡템도 간간이 보였다.

"이게 다 그 녀석들 잡고 얻은 거라 이거지?"

"어."

"크으, 죽인다."

아이템을 확인하던 성민우는 2개를 손에 꼬옥 쥐었다.

"이거 내가 써도 되냐?"

"그래라."

무혁도 1개의 아이템을 사용하기로 했다.

미야모토가 떨어뜨린 거였지.

소모성 아이템이었는데 옵션이 매우 뛰어났다.

[차오르는 샘물]

요정이 마시는 샘물로 극히 소량이 마법적인 힘에 농축되어 있다. 사용할 경우 MP(300)와 MP 회복률(5퍼센트)이 상승한다.

미야모토가 어떻게 이런 아이템을 얻게 되었는지. 또 이걸 왜 그냥 됐는지는 알 수 없었다. 궁금하지도 않았고.

그저 도움이 되기에 사용할 뿐.

"난 이거."

"뭔데?"

"MP 회복률 높여주는 거."

"아하."

곧바로 샘물을 마셨다.

꿀꺽.

목구멍을 타고 내려가는 청량함.

뒤이어 메시지가 떠올랐다.

[MP(300)가 상승합니다.]

[MP 회복률(5퍼센트)이 상승합니다.]

최근 다시 MP 회복률이 부족해지고 있었는데 덕분에 한숨 돌리게 되었다.

"나머지는 팔자."

"오케이."

"판매 금액은……."

무혁의 말을 성민우가 잘랐다.

"내가 3, 네가 7."

"어? 반으로 안 나누고?"

"누가 봐도 네가 더 활약했으니까."

"그래도……."

"됐어. 그걸로 끝."

그렇게 정리를 내리고 아이템을 경매장에 올렸다.

수가 많아서 꽤 시간을 잡아먹었다.

"후아, 끝났다."

"전부 다 72시간이지?"

"어."

"그럼 의뢰만 하고 좀 쉬자."

여관에서 나온 두 사람은 와칸 제국에 위치한 용병 길드로 향해 의뢰 하나를 맡겼다.

"하야꾸 길드장, 미야모토의 움직임만 파악해 달라는 거죠?"

"네, 기간은 2주일."

"알겠습니다. 의뢰 대금은 선불로 200골드입니다."

골드를 지불한 후 용병 길드에서 나왔다.

오랜 싸움이 거의 끝났다. 이젠 마무리만 지으면 된다.

깔끔하게.

다음 날 게임에 접속한 미야모토는 차오르는 샘물이 사라진 것을 확인하며 절망에 빠졌다.

"되는 일이 없구나."

연계 퀘스트를 깨뜨리는 와중에 얻게 된 물건이었는데 그 물건이 있어야만 다음 퀘스트를 마무리 지을 수 있었다.

그런데 그게 사라지면서 퀘스트를 진행할 수 없게 되었다. 퀘스트가 실패하면서 페널티까지 받게 되었다.

"하아."

그렇다고 포기할 순 없었다.

자금은 충분하다. 다시, 다시 시작하자.

애써 다독이며 길드창을 열었다.

남은 길드원은 1명, 본인을 제외한다면 0명이었다.

그따위 녀석들…… 모두 잊고 다시 시작하리라.

신전에서 나와 광장을 거닐었다.

길드원부터 모집했다.

하지만 부정적인 방향으로 유명인사가 되어버린 미야모토의 길드에 가입하려는 유저가 나타나지 않자 생각을 바꿔 일단 레벨부터 올리기로 했다.

그래, 내가 강해지면 돼.

사냥터로 향해 전투를 준비했다.

"하아아압!"

그렇게 몇 마리의 몬스터를 죽였을 때.

"여기 있었네."

무혁과 성민우가 나타났다.

"너, 너……!"

"그냥 끝내기엔 섭섭하잖아."

무혁의 스켈레톤이 그를 감쌌다. 벗어날 곳은 없었다.

"잘 가라."

이어진 공격에 미야모토는 제대로 대응도 하지 못한 채 죽어버렸다.

시야가 어두워진다.

치이익.

이내 캡슐이 열리고 천장이 보였다.

날카로운 고함이 터져 나왔다.

오랜만에 여유롭게 사냥을 이어가는 무혁이었다.

"아, 좋다."

미야모토?

크게 신경 쓸 건 없었다. 그냥 평소처럼 지내다 보면 용병이 찾아오는데 그가 미야모토가 있는 곳으로 데려다줬기 때문이다.

물론 미야모토 역시 자금을 동원하여 의뢰를 맡긴 모양이지만 찾아오는 용병들은 무혁의 상대가 되지 못했다. 죽는 건 무혁이 아니라 그들뿐이었으니까. 그럴수록 의뢰 대금은 높아졌고 미야모토는 많은 돈을 쏟아부어야만 했다.

그러는 와중에도 무혁은 꾸준히 미야모토를 죽였다. 8번을 죽였을 땐 미야모토가 무릎까지 꿇으며 빌었다.

"제, 제발……."

"흐음."

"이 정도 했으면 됐잖아! 나도, 의뢰 맡긴 거 다 취소할 테니까!"

"내가 죽었으면?"

"뭐……?"

"하야꾸 길드한테 내가 졌다면 넌 어떻게 했을까. 훗날 내가 귀찮아질 것을 핑계로 일루전을 접을 때까지 철저하게 물고 늘어졌을 것 같은데, 아니야?"

미야모토는 말이 없었다.

"나도 마찬가지야."

"이, 이익……!"

무혁이 무심히 검을 휘둘렀다.

[유저 '미야모토'를 죽였습니다.]

[악명(20)이 상승합니다.]

이것이 미야모토의 9번째 죽음이었다.

용병이 지켜본다는 사실을 알고 있는 미야모토였기에 움직임에 신중함을 보였다. 탐색에 뛰어난 용병을 고용하여 자신을 감시하고 있는 자를 찾아낼 것을 지시했고 교란에 능한 용병을 고용하여 감시자의 시선을 다른 곳으로 분산시킬 것을 명했다.

무혁과 성민우를 해치라는 의뢰는 넣지 않았다. 의뢰가 계속해서 실패하면서 대금이 기하급수적으로 늘어난 탓이었다.

솔직히 이 정도 되니 용병으로 그 두 명을 죽일 수 있을 거라는 생각도 들지 않았다. 그래서 오직 스스로의 모습을 감추는 것에만 집중했다. 둘의 시선에서 벗어나기 위해.

정 안 되면 절대로 들키지 않을 외진 곳에서라도 다시 시작할 생각이었다. 그러기 위해서라도 감시자의 처리는 필수였다.

"무슨 일이 있어도 찾아야 해."

"걱정 마십시오."

용병이 움직이기 시작한다.

미야모토는 제국의 광장에서 기다렸다.

저벅.

이런 곳이 오히려 더 안전하다. 괜히 인적이 드문 곳에 숨었다가 둘을 만나게 되면 순삭을 당할 수도 있다.

차라리 경비원이 있는 광장이 훨씬 좋았다. 이곳에서는 아무리 뛰어난 유저라도 결코 PK를 시도하진 못하니까.

PK를 시도하게 되면 경비원이 감옥으로 끌고 가버린다. 피해서 도망치면 되지 않냐고? 그럴 수도 없다. 여전히 경비원의 레벨이 유저보다 월등하게 높았기 때문이다.

마음먹고 달리는 경비원에게서 도망칠 수 있는 유저가 아직은 없었다. 그건 무혁도 예외가 아니었다.

"후우."

안전은 확보가 되었지만 미야모토의 표정은 심하게 찌푸려진 상태였다. 곳곳에서 들려오는 유저들의 대화가 자꾸만 고막을 자극했기 때문이다.

"저 유저야?"

"어, 하야꾸 길드장."

"어떻게 두 명한테 길드가 털리냐?"

"너 동영상 못 봤냐?"

"어? 아직."

"보면 그런 말은 안 나올걸. 그 두 명이 징난 아니야."

"아무리 그래도……."

이 정도는 약과였다.

"병신이네, 저건."

"두 명한테 썰렸잖아."

"쪽팔리겠다."

비웃으며 떠드는 유저들.

그 시선에 담긴 한심함보다 알지도 못하는 자들의 집중된 시선이 더 불편했다. 하지만 그렇다고 해서 고개를 숙이진 않았다. 오히려 더 어깨를 펴며 그들을 쳐다봤다. 시선이 마주친 유저는 움찔하며 그를 피하고는 했다.

"쓰레기들."

그러고는 주먹을 강하게 쥐었다.

언젠가, 언젠가는……!

절대로 이렇게는 끝나지 않겠다고 마음으로 다짐했다.

그때 용병이 찾아왔다.

"찾았습니다."

"저, 정말?"

"네, 그리고 다른 곳으로 유인했으니 지금 움직이면 될 겁니다."

"알겠어."

미야모토가 걸음을 재촉했다.

워프 게이트를 이용할 때도 신중하게 주변을 살폈다.

"마을로."

"알겠습니다."

이동이 완료되고 눈을 뜬 미야모토가 희미하게 웃었다.

정말 외진 곳이었다. 유저도 거의 보이지 않았다.

"여기라면……."

이제 더 이상 죽지 않아도 된다고 여겼으나 그가 모르는 사실이 한 가지 있었다. 좀 더 확실한 감시를 위해서 무혁이 용병의 수를 늘렸다는 사실을 말이다.

"좋아."

그저 들뜬 마음에 기뻐하던 미야모토는 갑자기 작동하는 워프 게이트를 보며 미간을 찌푸렸다. 그리고 나타난 두 사람을 보며 입을 떡하니 벌렸다.

"너, 너……!"

무혁과 성민우였다.

스윽.

다가온 무혁이 공격을 퍼부었다.

"크읍!"

도망치려 애썼지만 그 어떤 것도 무혁보다 우월한 게 없었다. 잔인할 정도로 느리게 HP가 줄어들었다. 또다시 로그아웃을 당해야 한다는 생각이 미야모토를 괴롭혔다.

"그만, 제발 그만하라고!"

그때 무혁의 검이 미야모토의 벌어신 입을 꿰뚫었다.

크리티컬이 터졌고.

"그, 그륵."

HP가 바닥났는지 모습이 희미해졌다.

이것이 미야모토의 17번째 죽음이었다.

정신적으로 피폐해진 미야모토는 이젠 습관처럼 캡슐에 누왔다. 일루전에 접속한 후 멍하니 하늘을 바라봤다.

하루, 이틀.

그렇게 와칸 제국의 광장에서 하염없이 시간을 보내던 그의 눈동자로 초점이 돌아왔다.

스윽.

몸을 일으킨 그가 사냥터로 나섰다.

얼마나 시간이 지났을까.

또다시 그가 나타났다. 이젠 반항할 기운도 없었다.

"……."

가만히 지켜보고 있으니 다가와 공격을 퍼붓는다.

[사망하셨습니다.]

[24시간 동안 접속할 수 없습니다.]

이것이 25번째 죽음이었다.

그런데 왜일까.

미야모토의 입가로 미소가 지어졌다.

드디어……!

마지막 순간 분명히 들었기 때문이다.

'이제 그만할까?'

'그러든가.'

대화를 나누던 두 사람의 목소리를 말이다.

다음 날.

일루전에 접속한 미야모토는 한결 마음을 놓으며 본격적으로 재기를 준비했다.

그래, 이제 된 거야.

피폐했던 정신조차 서서히 돌아오는 것 같았다.

새롭게 시작이다.

준비를 마친 그가 사냥을 나섰다.

한 시간, 두 시간.

꽤 시간이 흘렀는데도 두 사람은 나타나지 않았다. 드디어 그 악마들로부터 자유로워졌다는 생각이 들었다. 동시에 발끝에서부터 머리까지 전율이 올라왔다. 한동안 그 감각을 만끽하던 미야모토의 몸이 순간 경직되었다.

"어, 어……!"

부혁과 성민우가 또다시 나타난 탓이었다.

"이야, 준비 열심히 했네."

"부, 분명히……"

"분명히 뭐?"

"그만둔다고 했잖아!"

"어, 진짜로 들었나 보네."

"뭐……?"

"장난친 거야. 혹시라도 네가 들을까 싶어서."

성민우가 히죽거렸다.

미야모토는 좌절감과 동시에 허탈함을 느꼈다.

"미안, 요즘 너무 반항을 안 하더라고. 재미가 없어서."

"……."

말문이 막혔다.

"왜? 당황스럽냐?"

미야모토는 대꾸하지 않았다.

"알았어, 이제 진짜 끝. 던전을 하나 발견했거든. 거기에 들어가야 해서. 이번이 마지막이니까 그렇게 알고 잘 가라."

"정말이냐……?"

"그렇다니까. 대신."

성민우가 표정을 굳혔다.

"앞으로 우리한테 개기지 마라."

"무, 물론이지."

"좋아."

미야모토가 눈을 감았다.

그래, 마지막이야. 진짜로.

그리고 시작된 공격.

콰과과광!

HP가 순식간에 0으로 떨어졌다.

[사망하셨습니다.]
[24시간 동안 접속할 수 없습니다.]

26번째 죽음을 맞이한 미야모토였다.

다음 날.

다시 한번 새롭게 출발하기 위해 마음을 다독였다.

할 수 있어.

사실 정신적으로 이미 많이 망가졌다. 이 정도로 버티는 것도 정말 대단하다고 볼 수 있었다. 그런데도 무너지지 않고 몇 번이고 스스로를 다독이며 사냥터로 향했다.

일단 퀘스트부터.

이후 강해져서 길드원을 모집할 생각이었다.

사냥을 준비하는데.

스윽.

무혁과 성민우가 나타났다.

"기다렸잖아."

"무, 무슨……!"

"어제 그 말, 농담이었어."

"뭐라고!"

"미안, 미안. 그냥 죽어."

성민우와 무혁이 다시 미야모토를 공격했다.

또다시 죽어버렸다.

어이가 없을 정도로 맥이 풀려 버린 27번째 죽음이었다.

치이이익.

캡슐의 문이 열리고 한참이나 멍하니 천장을 바라봤다.

문득 떠올랐다.

지금까지 명령했던 수많은 척살령. 수십 번을 죽였고 그래도 집지 않으면 접을 때까지 죽였다. 끝내 일루전을 포기하게 된 그들의 심정이 바로 이러하지 않았을까.

"……"

막상 척살을 당하게 되자 일루전을 즐기지 못한다는 사실이 얼마나 고통스러운지를 깨달았다. 또 다른 현실에서 버림받은 기분이었다. 머릿속이 어지러웠다.

한편.

미야모토가 완전히 사라졌을 때, 무혁이 입을 열었다.

"이제 그만하자."

"오케이."

이 정도로 죽였으면 할 만큼 했다고 느낀 것이다.

마지막에 장난을 조금 치기는 했지만 그거야 다시는 덤비지 말라는 의사의 표현이었을 뿐이다. 이걸로 접는다면 오히려 신경 써야 할 부분이 완전히 사라지는 것이니 더 좋았고.

"감시는?"

"고민 중이야."

"조금 더 지켜보는 게 어때? 그게 더 안전할 것 같은데."

"뭐, 그래. 큰 금액이 드는 것도 아니니까."

"좋아. 이제 사냥이나 가자고. 참, 근데 너 랭킹 몇 위까지 올랐냐?"

"나? 잠시만."

무혁이 랭킹을 확인했다.

1위. 다크(성기사 119Lv)

2위. 거스(무투가 118Lv)

3위. 아몬드(가디언 118Lv)

……．

51위. 무혁(네크로맨서 118Lv)

꽤나 순위가 상승한 상태였다.

"지금 51위."

"와우."

"좋지만은 않아."

"왜?"

"정체가 너무 드러났잖아."

"아, 하긴……."

무혁보다 랭킹이 높은 네크로맨서가 없었다. 무혁을 제외하고 가장 레벨이 높은 네크로맨서 유저가 115레벨이었는데 순위로 따진다면 5만에도 들지 못하는 수준이었다. 그렇기에 지금 하야꾸 길드를 무너트린 네크로맨서가 누구인지 정체가 너무나 쉽게 드러난 것이다.

누구라도 랭킹 51위에 올라 있는 무혁이 바로 그 주인공이라 여길 테니까. 만천하에 이름이 공개되었다고나 할까.

"크게 상관은 없잖아."

"그렇지."

이름만 밝히지 않는다면 말이다.

"너는?"

"난 이제 3만에 겨우 들었어."

3만. 낮아 보이지만 결코 낮은 수치가 아니다.

성민우의 레벨은 116이었으니까.

"그래도 만족. 3만이라고 하면 별론데 따져 보면 상위 0.01프로니까."

"너도 폐인이란 증거지."

"흐흐, 생업인데 기본이지."

피식 웃고는 걸음을 재촉했다.

성민우가 손을 흔들며 사라졌다.

"그럼 저녁 먹고 보자."

"어."

무혁은 로그아웃을 하기 전에 아이템부터 정리했다. 이후 상태를 확인하면서 놓친 것이 있는지를 파악했다. 그러던 중에 퀘스트 하나가 눈에 들어왔다.

[크락슈의 시험]

?

미개척 지대의 지하의 키메라 연구 시설에서 발견한 코쿤의 주머니를 용병 길드장 크락슈에게 전달했었다.

보상으로 경험치와 연계 퀘스트를 받았었는데 그때는 정보를 알 수가 없었다. 지금까지도 확인이 되지 않는 것을 보면 크락슈에게 직접 가서 확인을 해야만 했다.

조금 있다 가 봐야겠네.

계획을 세운 후 로그아웃을 했다. 밥을 차려 먹고 곧바로 일루전에 접속해 용병 길드를 찾아갔다.

"어서 오십시오."

"길드장님 계신가요?"

"길드장님이요?"

"네."

"약속은 하셨나요?"

"무혁이라고 하면 알 겁니다."

"잠시만 기다려주세요."

위로 올라갔다 내려온 직원이 무혁을 집무실로 안내했다. 서류를 훑고 있던 크락슈가 환하게 웃으며 반겼다.

"빨리 왔군."

"그런가요?"

"그래, 게다가……."

크락슈가 무혁을 훑는다.

"내 생각보다 더 강해졌어."

"그럼 다행이구요."

이야기가 잘 진행될 것 같았다.

"그럼 전에 했던 얘기를 이어가 볼까?"

"좋죠."

크락슈의 성격이 드러나는 대목이었다. 인사치레는 최대한 간결하게 하고 곧바로 본론으로 들어갔다. 무혁도 그 점이 좋았기에 고개를 끄덕이며 기다렸다.

"그 친구가 그렇게 죽었다는 소식을 듣고 처음엔 정말 당황했었지. 그러다 문득 한 가지가 떠올랐지만, 그 순간에는 머리가 복잡하기도 했고 또 자네 역시 감당할 수 있는 수준이 아닌 것 같아 다음으로 미룬 것이었네."

도대체 뭐가 떠오른 것일까. 무혁은 가만히 기다렸다.

"그때 마지막으로 봤을 때, 그러니까 미개척지대로 떠나기 전에 그 친구가 나한테 그런 말을 했었어. 보물의 방이라고. 정확히는 기억이 나지 않지만, 아무튼 보물이라는 단어가 들어갔던 건 확실하게 기억하고 있어. 미개척지대 탐험을 끝내고 돌아오면 다음은 보물의 방을 찾을 거라고 얘기를 했었지. 맞아, 분명히 그랬어."

크락슈의 말에 무혁의 눈이 커졌다. 메시지가 떠올랐다.

[퀘스트 '크락슈의 시험'이 갱신됩니다.]

미미한 전율이 올라온다.

미친, 보물의 방이라니.

이건 분명히 보물 던전을 언급한 것이다. 훗날 보물 던전 컨텐츠가 여러 번 개방이 되면서 공식 하나가 생겨났었다.

'보물 던전의 키워드는 보물의 방이다.'

'보물의 방을 언급하는 NPC가 연계 퀘스트를 준다면 절대로 놓치지 마라.'

'연계 퀘스트를 깨뜨리면 보물 던전이 오픈된다.'

지금 그 공식이 성립했다.

연계 퀘스트. 그리고 보물의 방.

"위치도 언뜻 들었는데……."

"어디죠, 거기가?"

"관심이 있나?"

"네."

"그럼 자네가 대신 찾아주겠나?"

"찾고 싶습니다."

"하지만 그냥은 안 되네."

"네?"

"나의 시험을 통과해야만 하지."

"아……!"

"시험을 치를 용기가 있다면 따라오도록."

크락슈가 몸을 일으키더니 집무실을 벗어났다. 무혁은 고민할 필요도 없이 그의 뒤를 따라갔다. 퀘스트가 갱신되었다는 것은 충분히 시험을 통과할 수 있다는 소리였다.

그를 따라 도착한 곳은 보통의 것보다 배는 넓은 연무장이었다. 그 중앙으로 이동한 크락슈가 걸음을 멈추더니 몸을 돌려 무혁을 쳐다봤다.

"날 상대로 버티는 것이 시험이라네."

"예……?"

순간 당황한 무혁이었다.

"저기, 잠깐만요."

"문제라도 있나?"

당연히 문제가 있다. 무려 용병 길드를 책임지고 있는 NPC 다. 적어도 정식기사와 비슷하거나 혹은 그보다 뛰어난 실력 일 것이 뻔한데 어떻게 공격을 버텨낼 수 있겠는가.

그렇다고 그 말을 곧이곧대로 내뱉을 수도 없었다. 애초에 NPC에게 설명할 방법이 없기 때문이다.

"싸워보지도 않고 겁을 먹은 건 아니겠지?"

"그건 아닙니다만."

"그럼 뭔가?"

고민하던 무혁의 눈이 빛났다.

그래, 도발.

그리곤 태연하게 질문했다.

"누가 봐도 저보다는 용병 길드의 대장이 더 강하다고 생각 하지 않을까요?"

"흐음, 뭐, 그거야……."

"강자가 약자를 핍박하는 건 아니겠죠?"

"그, 그렇지."

"그럼 제 수준에 맞춰준다고 여기고 싸워보겠습니다."

무혁의 말에 크락슈가 크게 웃었다.

"푸하하하. 좋군, 아주 좋아."

그리곤 검을 뽑아 들었다.

"성격까지 맘에 드는군. 자네 수준에 맞춰주도록 할 테니 버터보도록. 아니, 제대로 덤벼보도록."

"알겠습니다."

대답과 함께 스켈레톤을 전부 소환했다. 갑자기 나타난 70마리의 스켈레톤이 연무장을 가득 채워 버렸다.

"허어……."

크락슈의 눈이 커졌다.

그것도 잠시.

오직 스켈레톤만 있는 것을 보며 고개를 갸웃거렸다.

"꽤 몸집이 크긴 하지만."

그래 봤자 가장 약한 소환수가 아닌가.

상위 네크로맨서의 경우에는 데스 나이트나 골렘도 소환할 수 있다. 스켈레톤과 좀비는 가장 하급의 소환수. 그 수가 아무리 많다고 하더라도 전혀 문제될 게 없었다.

그렇게 여긴 크락슈가 가볍게 검을 휘둘렀다. 이 정도로만 휘둘러도 아마 열 마리 이상의 스켈레톤이 부서지리라.

카강!

그런데 생각만큼의 피해를 주지 못했다.

"호오?"

겨우 작은 스켈레톤 한 마리를 잡는 게 전부였다. 뒤쪽에 있던 스켈레톤이 방패로 크락슈의 공격을 막아버린 것이다.

조금 당황한 표정이었는데 무혁은 그런 크락슈의 표정을 보며 희미하게 웃었다. 크락슈의 공격을 막아냈다는 사실이 뿌

듯했지만, 그의 공격은 이제부터가 시작일 뿐이었다.

"재밌는데?"

예상대로 입가에 미소를 지으며 다시 검을 휘둘렀다.

위이잉.

방금 전과는 차원이 다른 강력함이 담겨 있었다. 공기를 가르며 뻗어 나가는 날카로운 바람이 아머나이트2의 방패를 가격했다.

퍼석.

부서지는 소리가 들리고.

['아머나이트2'가 727의 대미지를 입습니다.]×7
['아머나이트2'가 역소환됩니다.]

피하지 않으면 계속 대미지를 입은 기술인 모양이었다. 방패로 막았음에도 불구하고 허무하게 사라지고 말았다.

"정말 대단한데?"

그럼에도 크럭슈는 감탄했나.

무려 7번, 자신의 공격을 그 정도나 버텨낸 게 신기한 것이다. 감탄하는 그를 바라보던 무혁이 본격적으로 스켈레톤들을 지휘하기 시작했다.

키릭, 키리릭.

아머나이트와 검뼈들이 사방으로 퍼지고, 기마병이 돌진한다. 그 뒤에 모습을 감춘 부르탄.

기회는 한 번이야.

먼저 시야를 어지럽히기 위해 메이지와 아머아처, 그리고 활 뼈에게 공격을 명령했다. 하늘을 수놓은 그것들이 크락슈에게 내리꽂혔다.

떨어지는 마법와 뼈 화살을 바라보던 크락슈가 허리를 틀며 검을 횡으로 그었다.

부우우우웅!

검에서 뿜어진 강력한 입력이 마법을 반으로 갈라 버리고 날아오던 뼈 화살을 튕겨냈다.

보통의 유저가 이런 모습을 봤다면 혼이 빠져 더 이상 공격을 시도하지도 못했으리라. 한 번의 검격에 모든 공격이 수포로 돌아갔으니 당연한 일이다.

하지만 무혁은 이미 예상하고 있었기에 다음, 또 그다음을 실행할 수 있었다.

강한 일격.

거리를 좁힌 아머나이트3이 검을 휘둘렀다.

"좋구나!"

크락슈가 웃으며 앞으로 나아갔다.

검과 검이 부딪혔다.

타격을 입어야 할 크락슈는 굳건했고 오히려 공격을 시도한 아머나이트3이 비틀거렸다. 이미 버려야 할 패임을 알고 있었기에 아머나이트3에게는 신경 쓰지 않은 채 다른 아머나이트를 지휘했다.

순식간에 크락슈를 감싼 아머나이트들이 동시에 강한 일격을 퍼부었지만 어느새 그는 몸을 회전하며 일일이 그들의 공격을 검 하나만으로 막아내기 시작했다.

카가가가강!

쇳소리가 끝없이 이어졌다. 빛의 번쩍임이 사라졌을 땐 아머나이트 다섯 마리가 역소환을 당한 후였다.

"정말 신기해. 어떻게 이런 스켈레톤이 있을 수 있지?"

크락슈가 중얼거리는 그 순간.

타다닥.

기마병이 돌진했다.

가속 찌르기!

그대로 크락슈를 지나치며 랜스를 내뻗는다.

"호오!"

크락슈가 흥미로운 표정을 지으며 가만히 지켜봤다. 랜스가 코앞에 당도하고서야 크락슈가 뒤로 물러났다.

놀랍게도 뻗어진 랜스보다 더 빠르게 움직이더니 아머기마병의 공격을 모두 회피해 버렸다.

그와 동시에 그가 가볍게 검을 휘두르자 기마병이 말에서 떨어져 바닥을 굴렀다. 주인을 잃은 말이 거칠게 날뛰었으나 크락슈의 앞에선 할 수 있는 게 없었다.

"이 정도만 해도 아주 대단……."

아직 끝난 게 아니었다.

키아아아악!

기마병의 뒤에 모습을 감추고 있던 부르탄이 기파를 사용한 것이다.

들어갔다!

무혁의 주먹이 쥐었다. 기파가 크락슈를 휩쓴 것이다.

비틀.

그 대단한 크락슈조차 균형을 잃고 비틀거렸다.

풍폭, 강력한 활쏘기.

기회를 놓치지 않기 위해 화살을 날렸다.

파앙!

스케렐톤들 역시 일제히 움직인다.

그 순간이었다. 크락슈가 갑자기 손을 들어 올리더니 날아든 무혁의 화살을 잡아버렸다.

"후우."

긴 호흡과 함께 고개를 든 크락슈의 눈동자가 붉었다.

"놀라운걸? 균형 감각까지 빼앗는 기술이라니."

그의 입가로 미소가 그려졌다.

"하지만 여기까지야."

그리곤 모습이 사라졌다.

콰앙, 콰아아앙!

뒤이어 폭발이 연이어 울렸는데 그럴 때마다 스켈레톤들이 허무하게 부서지기 시작했다. 부서진 검뼈와 아머스켈레톤의 주변에서 언뜻 크락슈의 모습이 보이는 것 같았지만 눈으로 좇기 어려울 정도로 빨랐다.

이거, 참. 이젠 인정해야만 했다.

할 수 있는 게 없네.

어느새 70마리의 스켈레톤 전원이 역소환을 당해버렸다.

후웅.

그리고 무혁의 코앞에서 멈춘 크락슈가 손을 뻗었다.

무혁의 어깨를 툭 하고 건드린다.

"놀라워. 스켈레톤이 정말 대단하더군. 시험은 통과했네."

"그런가요?"

"그래."

"그렇다고 보기엔 좀……."

무혁이 사방을 둘러봤다.

일방적인 패배의 흔적이 곳곳에 남아 있었다.

크락슈가 멋쩍게 웃었다.

"하하, 오랜만에 흥분해서 마지막이 조금 과격했지?"

"많이요."

아무튼 시험은 통과였다.

[퀘스트 '크락슈의 시험'을 완료합니다.]

[퀘스트 '보다 정확한 위치'로 이어집니다.]

크락슈가 검을 검집에 꽂았다.

"뭐, 그건 그렇고. 위치가 궁금하다고 했지?"

"네."

"좋아, 자네라면 충분히 능력이 되니 알려주도록 하지. 사실 나도 대략적인 위치만 들었을 뿐이라서 정확한 곳은 모른다 네."

무혁의 미간이 찌푸려졌다.

"속인 건 아니니 걱정 말라고."

"아, 네."

"나보다 더 잘 아는 사람이 있으니 그 사람에게 가서 위치를 듣는 게 좋을 것 같군."

"그게 누구죠?"

"론다르라는 여인이지."

"여인요?"

"그래. 게다가 길드를 하나 운영하고 있기도 하고."

"아……."

"그 녀석, 술을 워낙에 좋아해서 매일 함께 술을 마셨었지. 문제는 술만 마시면 비밀이고 뭐고 전부 다 발설해 버린다는 거야. 함께 술을 마셨던 론다르가 보물의 방에 대해서 들었을 확률이 매우 높지. 그러니 거길 찾아가 보게."

"그 길드의 위치가⋯⋯."

"이곳 위브라 제국 서문 근처에 있어."

서문에 길드가 있던가?

의문은 잠시였다. 있다고 했으니 분명 있을 것이다.

그렇게 여겼다.

"그녀가 위치를 알려준다면 날 찾아올 것 없이 바로 떠나면 되네. 다만 정말 녀석이 말했던 보물의 방인지 뭔지를 발견한다면 발견했다는 사실만큼은 나에게 알려주면 좋겠네."

"네, 그런데⋯⋯."

"뭔가?"

"한 가지 물어보고 싶은 게 있어서요."

"말해보게."

"왜 직접 찾아보지 않는 거죠? 무려 보물의 방인데요."

크락슈가 부드럽게 웃었다. 감상에 젖은 표정이랄까.

"녀석이 그런 말을 했었지. 모든 물건에는 주인이 있는 법이라고."

"⋯⋯."

"보물의 방인지 뭔지, 그 물건의 주인은 내가 아닌 것 같군. 그래서인가? 딱히 찾아다니고 싶은 마음도 안 들고. 뭐, 사람마다 가치관이 다른 법이니 그 정도로 이해하라고."

고개를 끄덕이는 무혁이었다.

"그렇군요. 만약 제가 발견하게 된다면 꼭 다시 오죠."

"그러길 바라네."

무혁이 등을 돌리려는 순간이었다.

"참, 마지막으로 두 가지만 더."

"어떤?"

"길드의 표식은 시들어 버린 장미꽃이라는 것, 어떤 질문을 받더라도 오직 진실만을 답해야 한다는 것을 말이야."

이해할 수 없는 말이었다.

"그만 가 보게."

"아, 네."

하지만 크락슈가 자리를 떠난 탓에 궁금증을 해소할 수 없었다.

뭐, 가 보면 알겠지.

그렇게 여기며 용병 길드를 빠져나가 서문으로 향했다.

음?

그런데 길드가 보이지가 않았다.

길드 건물이?

당황한 무혁이 서문 끝에서부터 광장까지 되돌아가며 다시 한번 찾아봤지만 길드 건물은 발견할 수 없었다.

자리에 멈춘 무혁이 고개를 갸웃거렸다.

뭐야, 왜 없지?

퀘스트를 확인하려는데 마침 접속한 성민우가 보였다. 그 역시 무혁을 발견했는지 손을 흔들며 다가왔다.

"왜 여기 있어?"

"아, 퀘스트 좀 하고 있었어."

"퀘스트?"

"어, 파티부터."

"오케이."

파티를 맺은 후 퀘스트를 공유해 줬다.

"이거야?"

"어."

무혁도 퀘스트를 확인했다.

[보다 정확한 위치]

[위브라 제국의 서문, 그 어딘가에 숨겨진 길드를 찾아라. 그리고 크락슈의 친우가 언급했던 보물의 방에 대한 모든 것을 들어라.]

[성공할 경우 : 보물의 방에 대한 정보.]

'어딘가에 숨겨진'이라는 글귀가 눈에 들어온다.

그리고 보상에 적힌 '정보'라는 단어.

아……!

그제야 무슨 의미인지를 깨달은 무혁이었다.

정보 길드였구나.

크락슈의 말이 이해되었다. 정보 길드의 특성상 평범한 건물을 가장한 채 음지에 숨어 있으리라.

시들어버린 장미꽃.

어딘가에 있을 그 표식만 찾으면 되는 것이다.

내부까지 확인해야겠네.

생각의 정리를 마친 후 성민우에게 말했다.

"이건 공유되는 퀘스트니까 같이 깨자."

"나야 고맙지."

보물 던전 컨텐츠의 오픈 퀘스트가 맞다면 난이도가 분명 높을 것이다. 성민우의 정령이 12마리가 되면서 전력이 상승한 덕분에 함께하는 것이 더 수월할 것이 분명했다.

아무튼 보물 던전에 대한 욕심이 생겨났다. 개방만 시킨다면 각종 보물을 얻을 수 있는 곳이니까.

"가 보자."

성민우를 데리고 걸음을 옮겼다.

먼저 잡화점 내부로 들어가려는데 성민우가 물어왔다.

"근데 길드 찾는 거 아냐?"

"맞아."

"왜 잡화점에 가는 거야? 뭐 살 거라도 있어?"

"아니, 정황상 정보 길드인 것 같아서 표식 찾는 중이야."

"표식?"

"어, 시들어버린 장미꽃이 표식이래."

"장미꽃이라."

고개를 끄덕인 성민우와 함께 잡화점으로 들어가 내부를

상세하게 살폈다. 하지만 표식은 보이지 않았다.

여긴 아니고.

잡화점에서 나와 대장간 건물로 향했다. 무구를 보는 척하면서 최대한 깊이까지 들어갔지만 역시나 표식이 없었다. 혹시나 하는 마음에 주인을 보며 말해봤다.

"시들어버린 장미꽃."

"음? 무슨 소린가? 대장간에서 장미꽃을 왜 찾는 겐가."

"아, 아닙니다."

"특이한 친구로구만."

대장간에서 나간 후 다른 건물을 살폈다.

여기도, 저기도, 이곳도. 그 어디에도 표식은 없었다.

"후, 없는데?"

"아직 건물 몇 개가 더 있으니까."

그렇게 들어간 곳이 정육점이었다.

"어서 오십시오."

"아, 네. 좀 봐도 되죠?"

"그럼요."

도축된 고기들이 진열되어 있었다.

생각보다 좁네.

딱히 살펴볼 곳도 없었다.

여기도 없나?

그냥 되돌아가려는 순간이었다.

타악.

도축사가 두툼한 고기를 칼로 내려쳤다. 꽤 큰 소리에 절로 고개가 돌아갔다. 도축용 칼이 내려쳐질 때마다 고기가 너무나 쉽게 반으로 잘렸는데 그 모습이 꽤나 신기했다.

보통 저 정도로 고기가 두꺼우면 칼질 한 번으로는 써는 것이 매우 어렵기 때문이다.

날이 좋은가, 아니면 기술?

괜한 호기심이 발동한 그 순간.

어……?

도축용 칼의 손잡이 끄트머리에서 장미를 발견했다.

죽어버렸는지 보랏빛을 한 장미꽃 문양을 보는 순간 그동안 찾고 있던 정보 길드의 표식임을 알 수 있었다.

"실례합니다."

"아, 네."

"정보 길드를……."

정보라는 단어가 나오는 순간 도축사의 눈동자가 차갑게 가라앉았다.

"찾고 있는데요."

"무슨 소리신지?"

그의 눈동자가 변하는 걸 분명히 봤다.

여기가 맞아.

무혁이 덤덤하게 말을 이어갔다.

"크락슈 용병 길드장의 소개로 왔습니다."

"……."

도축사가 칼을 내려쳤다.

터억.

칼날이 도마에 꽂혔다.

가만히 무혁과 성민우를 보던 그가 몸을 돌렸다.

"따라오시죠."

제대로 찾은 것이다.

론다르가 운영하는 정보 길드를 말이다.

제4장
새로운 컨텐츠

정육점의 뒤쪽에 작은 공간이 있었는데 그 아래로 계단이 이어졌다. 한참을 내려가니 생각보다 넓은 복도가 나타났다. 미로 같은 복도를 따라 이리저리 움직이기를 반복하고서야 하나의 문 앞에 도착할 수 있었다.

똑똑.

사내가 노크를 하고.

"들여보내."

"예."

사내가 문을 열고 몸을 벽에 붙였다.

안으로 들어가라는 눈짓.

무혁과 성민우가 열린 문을 통해 내부로 들어갔다.

"자리에 앉으시죠."

"네."

"크락슈의 소개로 왔다고 했나요?"

말도 하지 않았는데 이미 알고 있었다.

벌써 전달된 건가.

확실히 정보 길드라 다른 모양이었다.

"맞아요."

"몇 가지만 물어보죠."

정보 길드의 수장인 론다르가 무혁을 직시했다.

"카온의 일로 온 건가요?"

"카온?"

"네."

"카온이 누구인지……."

"크락슈의 친구이자 저의 친구이기도 했던 사내죠. 미개척
지대 탐사를 떠났다가 죽어버렸고 당신이 그의 물건을 주워
크락슈에게 전해주기도 했었죠."

"아, 죄송합니다. 이름은 몰랐어요."

"이제 알았으니 다시 묻죠. 카온의 일로 온 건가요?"

"네."

"무엇을 위해서죠?"

당연히 보물 던전을 위해서다.

뭐라 답해야 할까.

문득 떠오른 크락슈의 말, 진실만을 답하라.

"보물의 방을 찾고 싶어서요."

"왜 찾고 싶죠?"

"그것들을 얻어야 하니까요."

"얻어서 뭘 할 거죠?"

"강해질 겁니다. 지금보다 더."

론다르가 고개를 살짝 숙였다.

손에 들린 구슬을 바라보며 부드럽게 웃었다.

"다시 묻죠."

"네."

"강해지면 뭘 할 건가요?"

"언제까지고 이 삶을 즐길 겁니다."

"삶을 즐기는 데 왜 힘이 필요하죠?"

"힘이 없으면 어떤 식으로든 잡아먹히더라고요. 몬스터에게 죽을 수도 있고, 혹은 약자를 괄시하는 강자에게 핍박을 당할지도 모르죠. 그런 건 싫거든요. 정말로."

론다르가 다시 구슬을 확인하고 고개를 끄덕인다.

"솔직하군요."

그제야 그녀의 시선이 성민우에게 옮겨졌다.

"당신은 왜 따라오셨나요?"

"저, 저요?"

"네."

성민우가 잠시 생각에 잠겼다가 그녀를 보며 말했다.

"친구가 같이 가자고 해서요."

"……"

론다르가 손에 들린 작은 구슬을 쳐다봤다.

푸른빛.

진실을 뜻하는 색깔이었다.

"크, 크흠."

당황한 그녀가 헛기침을 했다.

"왜요?"

"아니에요."

론다르가 고개를 젓자 머리카락이 찰랑거렸고 앞머리가 열리며 감춰졌던 얼굴이 드러났다. 그녀에게서 자연스럽게 풍겨 나는 농염함이 성민우를 사로잡아 버렸다. 헤벌쭉한 미소를 짓는 성민우를 보던 론다르가 다시 무혁을 쳐다봤다.

어울리지 않는 팀이라 여겨졌지만 어떻게 보면 잘 어울리는 것 같기도 했다.

"당신들은 저의 시험을 통과했어요."

"시험이요?"

"네."

론다르가 구슬을 들어 보였다.

"이 구슬은 제가 눈을 바라보는 자가 거짓을 말하는지, 혹은 진실을 말하는지 알려주죠. 만약 거짓말을 했다면 난 여기서 당신들을 죽였을 거랍니다."

"그 말은 우리 둘, 모두 진실을 답했다는 거군요."

"맞아요. 적어도 거짓말로 스스로를 포장하는 인물은 아니라는 거죠. 자, 그러면 이제 뭐가 궁금하죠?"

뻔한 질문이었다.

"보물의 방이 위치하는 곳."

"그 바보 녀석이 술에 취해 언급했었던 적이 있죠."

그러면서 서류를 뒤적거렸다.

"여기 있네요."

그 서류를 무혁에게 건넸다.

"이건……?"

"거기에 모든 것이 적혀 있답니다."

무혁이 서류를 집는 순간.

[퀘스트 '보다 정확한 위치'를 완료합니다.]
[퀘스트 '보물의 방을 찾아서'로 이어집니다.]

퀘스트가 새롭게 이어졌다.

잠시 후.

무혁과 성민우가 방에서 나가자 론다르, 그녀의 옆으로 그림자 하나가 생겨났다.

"괜찮을까요?"

"그 쓰레기 놈들에게 빼앗기는 것보다는 낫지 않겠어?"

"그렇긴 하지만 저 보물의 방은 가치가 어마어마합니다."

"됐어. 이미 내 손을 떠난 일이야. 흔적이나 지우도록 해."

"알겠습니다."

그림자가 사라졌다. 홀로 남은 론다르의 눈이 아련해진다.

"멍청한 놈. 그렇게 죽다니."

그리고 방금 왔던 두 사람을 떠올렸다.

"부디 그 친구의 마지막 소망을 꼭 이뤄주길……."

그녀의 목소리가 서글펐다.

정육점에서 나온 무혁이 서류를 훑었다.

1. 술에 취한 카온이 보물을 언급함.

2. 보물의 방을 찾겠다고 호언장담.

3. 이번 미개척지대 탐사를 마지막으로…….

4. 토넘 들판의 계곡 뒤에 위치한 작은 동굴…….

5. 토넘 들판으로 가기 위해서는…….

론다르와 크락슈의 친우인 카온. 그가 술을 마시고 했던 모든 말이 적혀 있었다.

[퀘스트 '보물의 방을 찾아서'가 갱신됩니다.]

아마도 위치가 갱신된 것이리라.

"토넘 들판이네."

"어, 가자."

서류를 인벤토리에 넣은 후 군마를 소환했다. 녀석의 등에 올라탄 후 빠른 속도로 목적지를 향해 달려 나갔다. 워프 게이트를 이용해 외진 마을로 향한 후 30분 정도를 내달려서야 겨우 토넘 들판에 당도할 수 있었다.

"역소환."

군마에서 내린 무혁을 가장 처음 반겨준 몬스터는 129레벨을 자랑하는 블랙 와이번이었다. 털과 피부, 심지어 부리까지 새까만 블랙 와이번은 날개를 활짝 펼치면 5미터를 훌쩍 넘을 정도로 거대했다.

치르르르!

특유의 울음 소리를 내며 하늘을 배회하다 천천히 아래로 내려온다.

"공격 오겠다. 준비해."

"오케이."

두 사람 모두 소환수를 소환했다. 갑자기 증가한 적의 숫자를 본 블랙 와이번이 다시 허공으로 떠올랐다.

귀찮게.

무혁이 시위에 화살을 걸었다.

아머아처, 활뼈 연사. 아머아처 파워샷.

뼈 화살이 하늘을 수놓았다.

갑작스러운 공격에 블랙 와이번이 다급히 상공으로 솟구치면서 날개를 거칠게 펄럭여 강력한 바람을 일으켰다.

뻗어 나가던 뼈 화살이 바람의 저항으로 속도가 줄어들었고 그 탓에 와이번에게 도달하지 못했다. 하지만 아머아처의 파워샷은 블랙 와이번의 몸에 꽂혔다.

치르르르!

놈이 몸을 비틀며 날개를 더 강하게 펄럭이자 박혀 있던 뼈 화살이 바닥으로 떨어졌다.

"가죽이 질긴 것 같은데?"

"그러네."

놈을 가만히 지켜보니 내려올 생각이 없어 보였다.

"꼭 잡을 필요는 없잖아?"

"그렇지."

"그럼 그냥 가자."

무시하고 가는데 블랙 와이번 역시 거리를 유지하며 쫓아왔다. 뒤를 돌아보면 다시금 상공으로 솟구치고는 했다.

이내 관심을 접고 나아가던 무혁과 성민우가 갑자기 걸음을 멈추고 서로를 쳐다봤다. 굳은 표정으로 고개를 들자 두 사람의 머리 위에서 활개 치는 십여 마리의 와이번이 시야에 들어왔다. 순간 놈들이 고도를 낮췄다.

치르르!

갑작스러운 공격에 놀란 무혁이 다시 스켈레톤을 소환했다. 곧바로 아머나이트의 뒤에 숨어서 시위에 화살을 걸었다.

그사이 아래까지 도착한 놈들이 부리와 발톱으로 스켈레톤을 공격하기 시작했다. 몇 마리는 아머나이트의 어깨를 붙잡은 채 허공으로 높이 치솟더니 그 상태에서 놓아버렸다.

콰앙!

수십 미터 상공에서 떨어지면서 HP의 대부분이 소모되어 버렸지만 두 와이번의 날개를 찢어버리는 데 성공했다.

키리릭!

스켈레톤들이 날지 못하는 두 마리 와이번을 둘러쌌다.

각종 스킬과 공격이 퍼부어진다.

[경험치가 상승합니다.]×2

그것이 나머지 와이번에게 경각심을 심어준 모양인지 남은 녀석들은 공격이 닿지 않는 곳까지 날아 올라갔다.

"아, 놀래라."

정령 뒤에 숨어 있던 성민우가 그제야 나왔다.

"저것들 뭐야?"

"글쎄. 뭉치려는 모양인데."

말하는 사이 한 마리의 와이번이 더 등장했다.

아홉 마리.

고개를 돌려 나아가야 할 길을 쳐다봤다.

숨을 곳은 없었다. 게다가 무지막지하게 넓었다.

이런 곳에서 계곡을 찾아야 한다.

"한동안 긴장 좀 해야겠다."

"하아, 그래."

뒤를 힐끔 돌아본 후 다시 앞으로 나아갔다.

어느새 10마리, 그리고 11마리.

놈들이 슬금슬금 아래로 내려오는 게 눈에 보였다. 같은 방법에 두 번이나 당할 무혁과 성민우가 아니었다.

"아직."

공격이 닿을 정도까지 내려왔지만, 모르는 척 앞만 바라봤다. 그 순간 녀석들이 가속하며 날아들었다.

모르는 척하고 있었을 뿐 정말 아무런 대비도 하지 않은 것은 아니다. 소환수를 교묘하게 이동시키고 있었다.

와이번이 스켈레톤을 낚아채기 직전, 명령 하나를 내렸다.

부르탄, 기파.

절묘한 위치에 자리 잡고 있던 부르탄이 턱을 떨어댔다.

키아아아아아악!

기파가 와이번을 휩쓸었다.

크르, 크르륵?

균형을 잃은 와이번들이 하늘로 날아오르지 못하고 바닥에 고꾸라졌다. 거친 소리를 내며 한참을 허둥거린다.

메이지, 마법 공격. 아머아처, 파워샷.

그제야 본격적인 공격을 명령했다.

파밧.

무혁 역시 지면을 강하게 밀어내며 와이번에게 다가갔다.

윈드 스텝을 사용하니 한 줄기 바람이 된 기분이었다.

중앙에 가장 거대한 와이번의 등에 올라 검을 휘둘렀다.

풍폭과 십자 베기에 강력한 폭발이 일어났고.

키르르!

와이번이 고통에 울부짖었다.

[670의 대미지를 입힙니다.]

[1,246의 추가 대미지를 입힙니다.]

곧바로 검을 내리꽂았다.

푸욱.

피부가 상당히 질겨서인지 깊게 파고들진 못했다.

치르르르!

그래도 꽤 타격을 입었는지 놈이 다급히 몸을 일으켰다. 하지만 아직 기파의 영향에서 완벽하게 벗어나지 못해 한동안 비틀거렸다. 같은 부위를 계속해서 검으로 찔렀다.

갑자기 녀석이 날개를 거칠게 펄럭이며 하늘로 솟구쳤다. 무혁은 균형을 잡기 위해 몸을 낮추며 다시 한번 검을 내리꽂았다. 같은 곳을 연이어 타격한 덕분에 이번에는 피부 깊은 곳까지 검이 파고들었다.

와이번의 등에서 떨어지지 않기 위해 양손으로 손잡이를 강하게 움켜쥐었다. 그러다 조금 익숙해졌을 무렵 한 손을 풀어 허리춤에 있던 단검을 꺼냈다. 풍폭을 걸고 와이번의 등가죽을 가격했다.

[371의 대미지를 입힙니다.]
[631의 추가 대미지를 …….]

열 번, 스무 번. 풍폭, 풍폭, 십자 베기.

그러다 쿨타임이 돌아오면 스킬도 사용했다. 그렇게 한참을 반복하자 결국 버티지 못한 와이번이 아래로 떨어졌다.

무혁은 타이밍에 맞게 점프한 후 바닥을 굴렀다. HP가 꽤 줄어들긴 했지만 문제가 될 건 없었다.

꿈틀거리는 녀석을 마무리 짓고 고개를 돌려 전황을 살폈다. 와이번의 대부분이 죽은 상태였고 남은 몇 마리가 발악의 의미로 스킬을 사용했지만, 그 정도 피해는 개의치 않아도 될 정도였다.

잠시 지켜보던 무혁이 난입하면서 싸움이 종료되었다.

"기파 덕분에 한결 쉽네."

"편하긴 하지."

무혁은 움직인 후 아직 사라지지 않은 와이번에게 다가가 사체 분해를 실시했다.

[사체 분해를 종료합니다.]

[블랙 와이번의 뼈(×1)를 획득합니다.]

뼈의 특성은 지식과 지혜였다.

바로 교체하면 되겠네.

아머메이지1의 뼈를 하나 뽑아 그 자리에 블랙 와이번의 뼈를 꽂았다.

[아머메이지1의 지혜(0.14)가 하락합니다.]

[아머메이지1의 지식(0.26)이 상승합니다.]

이후 성민우를 보며 말했다.

"다시 가자고."

휴식을 취할 수준은 아니었기에 곧바로 걸음을 옮겼다.

계곡을 찾는 건 그리 어렵지 않았다.

"생각보다 빨리 찾았는데?"

"후아, 진짜 다행이다."

계곡을 따라 천천히 거닐었다.

"근데 저 뒤쪽에 동굴이라고 했지?"

"어."

"그럼 살피면서 가야겠네."

"그렇지, 아무래도."

한동안 말없이 거닐던 무혁의 시선이 한곳에 꽂혔다.

길이 갑자기 아래로 훅 떨어진 곳이었는데 그에 따라 계곡 역시 변화를 맞이했다. 작은 폭포가 만들어진 것이다.

무혁과 성민우는 서둘러 가파른 길을 따라 내려갔고 그곳에서 폭포 뒤쪽을 주시했다. 떨어지는 물로 인해서 잘 보이진 않았지만 느낌이 왔다.

"저기 같은데."

계곡에 발을 담갔다. 깊은 곳은 허벅지까지 물이 차올랐다. 폭포로 다가가니 수압이 강해졌지만, 신경 쓰지 않아도 될 수준이었다.

스탯이 얼마인데 이 정도 물살에 흔들리겠는가.

떨어지는 폭포수를 맞으며 들어가니 작은 동굴이 보였다. 찾았다는 의미의 눈빛을 주고받으며 안으로 들어갔다.

생각보다 더 어두웠다.

"파이어."

성민우가 정령 파이어를 소환하자 시야가 밝아졌다.

"정령은 왜? 나 램프 있는데."

"그냥. 이 녀석이 더 밝잖아."

"하긴."

길을 따라서 걸어가는 중에 무혁이 고개를 갸웃거렸다. 이내 걸음을 멈추더니 미간을 좁히며 정면을 주시한다.

"왜 그래?"

"아니, 뭔가……."

말로는 설명할 수 없는 싸한 느낌.

"뭐라도 보이냐?"

"그건 아닌데."

"그럼?"

"찝찝해서."

"뭔 소리야. 나부터 갈 테니까 따라와."

성민우가 파이어와 함께 몇 걸음을 내딛는 순간 무언가가 날아와 파이어의 머리에 꽂혔다. 얼마나 파괴적이었는지 정령 파이어는 그 한 번의 공격에 역소환을 당하고 말았다.

"뭐, 뭐야!"

"일단 뒤로 물러나 봐."

"아, 어."

시야가 어두워서 아무것도 보이지 않았다.

서둘러 램프를 꺼내 불을 밝혀 앞을 보니 파이어가 사라진 자리에 무언가가 떨어져 있었다. 짧고 가느다란 철심 비슷한 물건이었다.

"허어, 겨우 이거 맞고 죽은 거야?"

"그렇지."

"함정 같은 건가?"

"아마도."

분명한 건 한 방에 파이어가 죽었다는 사실이다.

만약에 이런 함정들이 곳곳에 깔려 있다면?

상당히 위험한 공간이라는 것을 새삼 깨달았다.

"어떡하지?"

"간단하잖아."

물론 방법은 있었다. 그것도 아주 쉬운.

"스켈레톤 전사 소환."

아머나이트1, 방어 모드. 앞으로 이동.

소환수를 먼저 보내어 함정을 확인하면 되는 것이다.

몇 걸음이나 나아갔을까.

또다시 무언가 날아오는 소리가 들려왔다.

희미하게 물체가 보였는데 이번에는 크기가 꽤 컸다. 곧이어 퍼석 하는 소리가 연달아서 들려왔다. 무혁의 눈이 커졌다. 아머나이트1이 희미해지더니 사라진 것이다.

['아머나이트1'이 역소환됩니다..]

떠오른 메시지를 멍하니 바라봤다.

뭐야?

너무 허무하게 죽어버린 것에 당황했다.

HP가 꽤 되는데.

무려 아머나이트다. HP가 5천이 넘어가는 녀석인데 겨우 몇 번의 공격에 역소환을 당한 것이다. 서둘러 상세 정보를 확인하고는 미간을 찌푸렸다.

['아머나이트1'이 1,000의 대미지를 입습니다.]×5

방패로 막았음에도 줄어든 HP의 수치가 너무 높았다.

"왜 그래?"

"방패로 막았는데 HP가 1,000이나 줄었어."

"헐, 미친. 방패로 안 막으면 얼마나 강하다는 거야?"

놀란 마음에 욕이 절로 튀어나왔다.

"근데 뭐……."

하지만 그것도 잠시.

성민우의 굳었던 표정이 빠르게 펴졌다.

"상관은 없잖아."

어차피 계속 소환수를 앞으로 내보낼 계획이었으니까.

무혁은 곧바로 아머나이트2를 보냈다. 이번에도 역시 방패로 전면을 보호한 상태였다. 이번에는 바닥이 사라지면서 아머나이트2가 아래로 떨어졌다.

쿠웅.

몇 초가 흐른 뒤에야 미미한 진동이 느껴졌고.

['아머나이트2'가 역소환됩니다.]

뒤늦게 메시지가 떠올랐다.

"이거, 참."

걸음을 멈추진 않았다. 스켈레톤은 아직도 많았으니까.

"다음엔 뭐가 나오려나."

나아갈수록 함정은 다양해졌다. 지독한 독에 당해 스켈레톤이 녹기도 했고 늪에 빠져 허우적대다가 역소환을 당하기도 했다. 갑자기 창살이 올라와 스켈레톤을 가두거나 냉기가 치솟으며 스켈레톤을 얼리는 함정도 있었다. 창날이나 화살, 단검은 말할 것도 없었다. 잊을 만하면 튀어나와 간담을 서늘하게 만들었다.

꽤 깊게 이동했음에도 여전히 함정은 많았다.

아머나이트, 검뼈, 아머아처, 활뼈, 메이지는 물론 군마와 기마병까지 전부 사용했다.

"정령도 끝이야."

"그럼 일단 쉬자."

다음 소환을 위해 잠깐 동안 휴식을 취하기로 했다. 자리를 잡고 앉은 후 인벤토리에서 1회용 제작 도구를 꺼냈다.

그런 무혁을 바라보며 성민우가 입을 열었다.

"또 만들게?"

"가만히 쉬기만 하면 지루하잖아."

"징하다, 너도."

무혁이 피식 하고 웃은 후 망치를 손에 쥐었다. 램프의 빛에 의지하며 손에 들린 망치를 강하게 휘둘렀다.

[결을 맞혔습니다.]

[진행도(7.9%)가 상승합니다.]

다시 휘두른다.

카앙!

연속으로 맞춰 추가로 기여도가 올랐다. 덕분에 13번의 망치질로 장검 하나를 만들어낼 수 있었다.

옆에서 그 모습을 보던 성민우가 혀를 차며 인벤토리에 손을 넣었다.

"쩝, 나도 만들어야지."

그 역시 장검 하나를 제작하기 시작했다.

잠시 후 무난한 수준의 옵션을 확인한 후 인벤토리에 장검을 넣었다.

"다시 가야지."

"어."

곧바로 스켈레톤을 소환한 후 앞으로 내보냈다.

키릭, 키리릭.

아머나이트가 조심스럽게 전진한다. 얼마 가지 않아서 바닥에서 불꽃이 솟구치더니 아머나이트를 휘감았다.

죽은 자의 축복.

HP를 채워주면서 최대한 버텼다. 지속적인 대미지를 견디지 못하고 아머나이트가 역소환을 당했기에 다른 아머나이트를 재차 앞으로 보냈다. 이번에도 불꽃이 치솟았다. 그렇게 다섯 번을 반복하니 더 이상 불꽃이 일어나지 않았다.

"됐다."

그렇게 반복했다.

한 마리, 두 마리. 어느새 수십 마리의 소환수가 사라졌다.

마지막으로 남은 군마 한 마리.

"또 쉬어야 하나?"

마지막 군마와 함께 앞으로 가고 있는데 마침 길이 끝나는 지점이 나타났다. 그 길의 중앙에 문이 하나 있었다.

"어, 저기!"

기쁨이 치솟았지만 냉정을 유지했다.

군마, 앞으로.

군마가 문 앞까지 도달하는 동안 어떠한 함정도 발동하지 않았다.

"정령까지 보내보자."

성민우가 정령 12마리를 사방으로 뿌려서 천장, 바닥, 벽을 건드려 봤지만 어떠한 함정도 발동하지 않았다.

"끝난 것 같네. 가자."

"오케이."

문 앞에 선 무혁이 문을 열기 위해 손을 뻗었다.

끼이익!

퍼지는 소리에 뒤이어 빛이 밀려들며 메시지가 떠올랐다.

[시험장에 오신 것을 환영합니다.]

안타깝게도 보물 던전은 아니었다.

당연한 건가? 간단하게 열릴 컨텐츠는 아니었으니까.

무혁은 스스로 납득하며 주변을 훑었다.

"어……?"

그런데 성민우가 보이지 않았다. 뒤쪽을 확인해 봤지만 역시나 없었다. 서로 다른 공간으로 떨어진 모양이었다.

이렇게 되니 오히려 더 궁금해졌다. 따로 떨어뜨려서 진행하게 될 시험이란 것이 도대체 무엇일까.

호기심을 안고서 길을 따라 앞으로 나아갔다. 길을 꺾는 순간 거대한 거울이 눈앞에 나타났다.

손을 뻗어 두드려 봤다.

툭, 툭.

정말로 거울이었다.

뭐지?

가만히 바라보다가 고개를 돌렸다.

……!

섬뜩한 기분에 다시 거울을 바라봤다. 거울 속에 있는 무혁이 비릿하게 웃고 있었다.

거울이 깨지면서 무혁 본인과 마주하게 되었다.

[시험을 시작합니다.]

메시지에 겨우 정신을 차렸다.

시험, 시험이라.

그제야 눈앞에 있는 자신이 가짜임을 인지할 수 있었다.

무심한 표정의 본인을 바라보니 기분이 정말 묘했다.

녀석이 앞으로 다가왔다. 본능적으로 위험을 느낀 무혁이 뒤로 물러나면서 입을 열었다.

"스켈레톤 전사 소환."

아머나이트와 검뼈가 나타났다.

-스켈레톤 전사 소환.

가짜가 동일한 말을 내뱉었다.

후우웅.

나타난 소환수마저 똑같았다. 그 상황에 솔직히 무혁도 조금 당황했다. 할 말을 잃고서 잠시 멍하니 있는데 가짜가 연이어서 스켈레톤을 소환했다.

-스켈레톤 아처 소환.

메이지와 기마병까지. 무혁도 서둘러 모든 스켈레톤을 소환했다. 어마어마한 물량이었다.

75마리 대 75마리. 잠시 대치하던 스켈레톤들이 서로를 향해 공격을 퍼부었다. 강력한 파괴력을 지닌 마법은 물론이고 지속력으로 꾸준한 피해를 입히는 아처들의 뼈 화살 세례 역시 피할 수 없었다.

아머나이트가 방패로 막고는 있지만 그 많은 공격을 버텨내는 건 확실히 무리가 있었다.

콰과과과광!

서로가 서로에게 강력한 피해를 줬다.

부르탄의 기파도 날아왔다.

흔들리는 아머나이트들.

무혁도 부르탄에게 공격을 명령했다.

키아아아아악!

뿜어진 기파가 공간을 짓누른다. 그곳으로 뼈 화살이 쉴 새

없이 날아들었다.

['아머나이트1'이 역소환됩니다.]

['아머나이트2'가 역소환······.]

떠오르는 메시지를 보며 미간을 찌푸렸다.

풍폭, 강력한 활쏘기. 풍폭, 풍폭, 풍폭. 멀티샷.

지휘하면서 공격도 함께 시도했지만, 수가 너무 많아서 피해도 미미한 수준이었다. 아머나이트를 죽이는 게 쉬운 일이 아니었다. 녀석들의 체력과 방어력이 높은 까닭이었다.

어금니를 질끈 깨물었다.

미쳤잖아, 이건.

75마리의 스켈레톤을 직접 상대하게 되니 숫자의 압박이란 게 얼마나 강력한 것인지 새삼 깨달았다.

서로가 서로를 가격하며 으스러지고 그 사이로 난입한 가짜가 맹활약을 떨쳤다.

젠장.

무혁도 가만히 있을 순 없었다.

윈드 스텝을 사용해 전장으로 파고들며 검을 휘둘렀다.

풍폭, 십자 베기.

사방에서 다가오는 뼈 화살과 검격.

아주 작은 틈을 비집고 파고들면서 앞에 있는 가짜 검뼈를 처리했지만 그 잠깐의 머뭇거림으로 인해 결국 몇 개의 공격을 허용하고 말았다.

[187의 대미지를 ······.]

두 개는 뼈 화살, 하나는 아머나이트의 강한 일격이었다.

다급히 몸을 던졌다. 여전히 공격이 멈추질 않았다. 자리에서는 순간 그대로 로그아웃을 당해버릴지도 모른다는 생각에 절로 긴장감이 솟구친다.

그 순간 마법이 시야를 채웠다. 세상이 일그러졌다.

흐읍!

그 일그러짐 속으로 몸을 던지자 곧이어 퍼즐이 맞춰지는 것처럼 세상이 본래대로 돌아왔다.

그 순간 가짜의 등을 바라보게 되었다. 고민할 것도 없이 검을 휘둘렀지만 눈앞에 있던 가짜가 거짓말처럼 사라졌다.

윈드 스텝을 이용해 빠져나간 모양이었다. 잠깐 한눈을 판 사이 뒤에서 날아온 뼈 화살이 등에 꽂혔다.

[171의 대미지를 입습니다.]

서둘러 본래 자리로 돌아갔다. 어느새 절반에 달하는 스켈레톤들이 역소환을 당한 상태였다. 물론 그건 가짜가 소환한 스켈레톤도 마찬가지였다.

하지만 여전히 스켈레톤이 너무 많아서 피아를 구분하기가 쉽지 않았다.

그나마 구분이 가능한 건 뒤쪽에 위치한 메이지와 아처들이었고 아머나이트나 검뼈는 포기한 지 오래였다.

아머아처, 파워샷. 메이지, 전원 마법 공격!

물론 무작정 방치한 건 아니었다. 최소한의 대비는 했다.

아머나이트를 한 곳으로 모아 작은 원을 그리게 만든 후, 서로 등을 기대도록 했다. 이후 전원 방패를 들어 전신을 보호하도록 만들었다. 그렇다고 피해를 입지 않는 건 아니지만 어느 정도 줄일 순 있었다.

콰과과광!

하지만 가짜 역시 눈치를 채고 방패로 공격을 막아냈다.

결국 피해는 비슷했다.

풍폭, 강력한 활쏘기.

역시 긴장을 늦출 수가 없었다.

남은 HP와 MP를 살핀 후 다시 한번 적진을 휘저어 보기로 했다.

처음보단 그래도 스켈레톤의 수가 확연하게 줄어든 상태였기에 어느 정도는 대응할 수 있을 것 같았다.

윈드 스텝.

지면을 차며 나아가는데 무언가가 코앞으로 다가왔다.

후웅.

강력한 바람이었다.

"흡!"

가짜 무혁이었다.

서둘러 방패를 내밀었다.

카각!

올라오는 충격으로 미루어 일반적인 공격이었다.

기회를 엿보다 풍폭과 십자 베기를 연이어 사용할 가능성이 높았다.

가짜이긴 하지만 무혁 본인과 같기에 추측할 수 있었다.

최대한 방어에 집중하면서 가짜의 움직임을 살폈다. 틈을 살짝 보여주니 곧바로 반응이 왔다.

콰앙!

풍폭과 십자 베기였다.

HP가 꽤나 줄었다.

이거 잘하면…….

가짜에게 계속해서 공격을 유도한다면?

MP를 소모하게 유도한다면?

무혁의 눈매가 예리하게 빛났다.

같은 시각.

성민우 역시 가짜를 상대하고 있었다. 총 24마리의 정령이 서로 엉킨 채 서로를 공격하고 있었다. 성민우는 지휘를 하면서도 틈틈이 가짜가 소환한 정령을 공격하고 있었고 가짜 역시 마찬가지의 방법을 사용했다. 하지만 그렇게 되니 지지부진한 상황만 연출되고 있었다. 시간이 지날수록 답답해졌다.

"아, 놔. 이게 뭐냐고!"

결국 지휘를 하다 뇌가 폭발할 것 같았던 성민우가 참지 못하고 앞으로 나아갔다.

파밧.

가짜도 마찬가지였다.

"젠장, 꺼지라고!"

본인을 상대하는 게 상당히 꺼림칙했다.

서둘러 끝내고 싶어서 각종 스킬들을 퍼부었다.

순간적으로 빠르게 접근하여 턱을 가격한 후 복부를 차올려 허공으로 뜨게 만든 다음 점프해 연계 스킬을 넣을 생각이었는데 시작부터 막혀 버렸다.

가짜 역시 마찬가지의 생각을 한 모양이었다.

"어어……?"

서로에게 휘두른 주먹이 중간에서 만난 것이다.

퍼억!

충격파가 퍼지며 뒤로 물러났다.

"아, 진짜!"

미간을 찌푸린 성민우가 재차 달려들었는데 이번에도 가짜가 똑같이 따라서 움직였다. 그렇게 몇 번을 반복하다 보니 아무리 성민우라도 깨달을 수 있었다.

이대로라면 결국 같이 죽을 수밖에 없다는 것을 말이다.

방법을 바꿔야 돼.

오랜만에 머리를 쓰기 시작했다.

굳어버린 탓일까.

어떻게 해야 할지 잘 판단이 서지 않았다.

"흐아아압!"

결국 한참을 더 무의미하게 겨루고서야 한 가지 방법을 생각해 낼 수 있었다. 가짜 역시 멍청하리란 확신을 하고서 그 틈을 노리는 방식으로 움직였다.

그제야 조금이지만 우세를 점할 수 있었다.

전투가 막바지에 이르렀다.

스켈레톤은 이미 모두 사라지고 무혁과 가짜만이 남았다.

방패를 든 채로 화살을 쏘아대는 가짜를 바라보며 무혁은 웃었다. 조금씩 거리를 좁히니 당황스러운 표정과 함께 스킬을 사용해 왔다. 충격이 꽤 컸지만 오히려 미소가 짙어졌다.

이쯤이면…… 아마도 거의 다 소진되었으리라.

MP가 바닥났겠어. 이제 움직일 시간이 왔다.

이 순간을 위해서 계속 가짜에게 공격을 유도한 것이니까.

무혁은 활을 검으로 변형한 후 윈드 스텝을 사용하여 놈과 거리를 좁혔다.

정말로 MP가 바닥이 난 것인지 제대로 반응하지 못하는 모습이었다. 어렵지 않게 가짜의 뒤로 접근해 검을 휘둘렀다.

풍폭, 십자 베기.

공격이 들어가면서 상당한 대미지를 입혔다.

-크읍!

바닥을 구른 가짜의 모습이 사라졌다.

은신!

하지만 상처에서 흘러나오는 은빛은 숨길 수 없었다.

무기를 활로 변형한 후 시위에 화살을 걸었다.

풍폭, 강력한 활쏘기.

그리고 은빛을 바라보며 시위를 놓았다.

파앙!

쏘아진 화살이 허공에서 멈췄다.

그 순간 드러난 가짜의 등 뒤에 화살이 꽂혀 있었다.

-크으…….

신음과 함께 쓰러지더니 이내 사라졌다.

[시험을 통과합니다.]

시험이 끝났다.

"후아."

깊은 한숨을 토해내며 손에 들린 활을 검으로 변형한 후 검집에 꽂았다. 동시에 세상이 깨어졌다. 고개를 흔들며 눈을 뜨니 눈앞에 거울이 보였다.

손을 들어봤다. 이번에는 정말 무혁, 본인이었다.

이내 거울에 금이 가더니 깨어졌다.

"아."

감춰져 있던 새로운 길이 나타났다. 한 걸음을 내디뎠다.

긴 복도의 끝에 도착하니 탁자 위에 세 개의 상자가 놓여 있었다.

금화가 그려진 상자, 무구가 그려진 상자, 재료가 그려진 상자. 셋 중 하나를 택해야 하는 모양이었다.

기억을 토대로 한다면 선택하는 상자에 따라서 보물 던전에 나타날 보물이 달라진다. 금화 상자를 택한다면 금화기, 무구 상자를 택한다면 무구가 나타나리라.

뭐가 좋으려나.

한참을 고민히고 있는데 뒤에서 인기척이 느껴졌다.

"먼저 왔네?"

고개를 돌리니 웃고 있는 성민우가 보였다.

"아, 통과했냐?"

"당연하지!"

"꽤 힘들던데."

"크, 진짜 빡세더만. 이건 뭐 나랑 똑같은 놈이 나타나서 싸우는데 얼마나 무식한지 마지막까지 용호상박이었다니까."

"용호상박은 무슨."

"그래도 내가 머리를 써서 이겼지."

"어떻게?"

"가짜가 머리가 좀 멍청하더라고. 싸우는 척하다가 도망치니까 나만 따라오던데?"

"……."

무혁의 입꼬리가 꿈틀거렸다.

딱 너네.

말해주고 싶었지만 참았다.

"그래서 도망치면서 그 가짜가 소환한 정령만 노렸지. 그리고 마지막까지 남은 정령이랑 힘을 합쳐서 파박!"

잽과 스트레이트를 휘두르는 그였다.

"요렇게 마무리를 지었지."

"큽, 그래. 잘했다."

"뭐야, 왜 웃어?"

"아니, 그냥."

대충 얼버무리며 서둘러 상자로 향했다.

"상자나 고르자."

"음, 근데 우린 두 명인데? 그럼 두 개 고르면 되나?"

"하나만 될 거야."

"그럼 네가 골라."

"그럴까?"

무혁이 손을 뻗었다.

이걸로.

하나의 상자를 택했다. 무구가 그려진 상자였다.

재료에 흥미가 가긴 했지만 필요한 건 두개골뿐이다. 두개골은 골드로 구입하면 되기에 조급해할 필요가 없었다.

그것보다는 무구를 택해서 퍼센트 옵션의 아이템을 구하는게 더 합리적이리라 판단했다.

분명 첫 번째 보물 던전에서 무구가 나타났었고 퍼센트가 꽤 높은 아이템들을 획득한 유저들이 주목을 받았던 기억이 있었다.

아마도 맞을 거야.

상자의 뚜껑을 열었다.

딸칵.

소리와 함께 메시지가 떠올랐다.

['무구 상자'가 오픈됩니다.]

한 줄이 전부였다.

어, 끝인가?

멍하니 있는데 뒤쪽에 있던 성민우가 갑자기 앞으로 나아갔다.

"나도 열어도 되는 거 아냐?"

그런 말을 하며 재료가 그려진 상자의 뚜껑을 거침없이 열었다.

['재료 상자'가 오픈됩니다.]

무혁의 고개가 획 하고 돌아갔다. 두 개가 적용된 것이다.

두 개라고?

뒤늦게 메시지가 다시 떠올랐다.

[최초로 '보물 던전'을 오픈합니다.]
[보상으로 2개의 상자가 적용됩니다.]
[위대한 업적을 달성합니다.]
[업적 포인트(150점)를 획득합니다.]
[칭호 '길을 만드는 자'를 획득합니다.]

이건 성민우와 무혁에게만 떠오른 내용이었고.

[새로운 컨텐츠 '보물 던전'이 오픈됩니다.]
[토넘 들판의 계곡에 '카온의 보물 던전'이 개방됩니다.]

이건 전 세계 유저가 동시에 받은 메시지였다.

바깥으로 강제 전송된 두 사람은 한동안 말이 없었다.

"대박인 거 맞지?"

"어."

"어느 정도냐?"

"특급."

"크어어어어!"

이 정도 포효는 당연하다고 여겼다.

업적 포인트가 150점, 거기에 칭호까지 얻었으니까.

게다가 최초로 콘텐츠를 오픈한 덕분에 첫 번째로 던전에 입성할 수 있게 되었다.

그 혜택은 또 어떨 것인가, 선점하게 되는 이득은?

생각만으로도 기분이 좋아졌다.

"일단 칭호부터 보자."

서둘러 칭호를 확인했다.

[길을 만드는 자]

숨겨진 것을 찾아 헤매는 당신에게 신의 가호가 있기를.

모든 스탯(2) 상승.

최상급 칭호였다.

"허, 허업!"

성민우도 같은 칭호를 받았다. 당연히 기함을 터뜨렸다.

"미, 미친. 이거 뭐야? 이거 버그 아니지?"

"아냐."

"모든 스탯이 2라니……!"

충분히 놀라도록 내버려 뒀다.

그 순간이었다.

후우웅.

눈앞으로 바람이 불어오더니 동굴 같은 것이 생겨났다. 이
것이 바로 무혁과 성민우가 직접 개방한 새로운 콘텐츠, 보물
던전이었다.

"다 놀랐냐?"

"어, 어어."

"그럼 이제 들어가자."

"아, 그래!"

걸음을 옮겨 보물 던전에 입성했다.

[최초로 '보물 던전'에 입장하셨습니다.]

[24시간 동안 발견하는 '보물의 수량'이 2배가 됩니다.]

[48시간 동안 경험치(50%)를 추가로 획득합니다.]

메시지도 놀라웠지만, 그보다는 던전의 규모에 놀랐다.

"뭐가 이렇게 넓어?"

마치 거대한 운동장에 떨어진 기분이었다.

"그래야 더 재밌지."

본격적으로 탐사를 시작하려는 순간.

"아, 잠깐만."

"왜?"

성민우가 씨익 웃었다.

"밥은 먹고 하자."

"……."

거친 투덕거림을 끝낸 후 잠깐의 휴식을 취하기로 결정을 내렸다.

"그래, 어차피 입장 보너스는 받았으니까."

"오케이, 그럼 1시간 뒤에 보자."

"그래."

곧바로 로그아웃을 했다.

치이익.

캡슐에서 나온 무혁은 먼저 노트북을 열어 일루전 홈페이지에 접속했다. 유료 게시판에 몬스터 공략법을 하나 작성한 후 라면을 끓였다. 라면을 먹으며 노트북을 만졌다. 자유게시판에 접속하는 순간 비슷한 제목을 지닌 게시물이 눈에 들어왔다. 그중에 하나를 클릭해서 대충 훑어봤다.

[내용 : 보물 던전 콘텐츠 오픈? 이거 저만 본 거 아니죠?]

정작 게시물 내용은 별것이 없었다.
댓글이 더 난리였을 뿐.

└멜릿사 : 네, 저도 봤어요. 탑이랑 비슷한 콘텐츠려나.
└지방이 : 토넘 들판이 어디에요?
　└리리 : 지도 보세요.
　└지방이 : 매너 없으시네.
　└리리 : 님이 더.
└알파 : 제가 보기엔 보물을 찾는 던전 같은데요. 아무튼 재밌을 거 같으니 바로 토넘 들판으로 출발해야겠네요.
　└지방이 : 근데 이거 포르마 대륙 맞죠?
　└알파 : 맞아요.
　└지방이 : 그럼 다른 대륙은 못 온다는 거네요.
　└알파 : 당연.

새로고침을 누르니 새롭게 달린 댓글만 수백 개였다.

"허어."

탄성과 함께 뒤로 메인을 클릭했다.

새롭게 올라온 게시물.

[제목 : 토넘 들판으로 가겠네요, 다들]

[제목 : 보물 던전, 가고 싶다ㅠㅠ]

[제목 : 득템 자랑!]

[제목 : 저도 보물 던전 데려가주세요!]

[제목 : 와, 미쳤네. 또 새로운 콘텐츠라니.]

대부분이 보물 던전과 관련된 이야기였다.

딱히 볼 건 없네.

던전에 관한 이야기가 대부분이었다. 보물 던전을 직접 오픈한 무혁이 보물 던전에 관해서 궁금한 게 뭐가 있겠는가.

노트북을 닫아버린 후 라면을 먹는 것에 집중했다. 그사이에도 홈페이지는 활화산처럼 타올랐다.

유저들의 관심이 뜨거울 수밖에 없는 새로운 콘텐츠의 개방이었으니까.

그것도 아주 자극적인 수준의.

채팅방에 인원이 엄청나게 쏟아졌다.

-'파파라치' 님이 들어왔습니다.
-'이형' 님이 들어왔습니다.
-'윈드밀' 님이 들어왔습니다.

그로 인해서 대화가 뚝뚝 끊겼다.

-아, 진짜 엄청나게 접속해 대네요.
-보물 던전이 그만큼 이슈니까요.
-뭐 좋은 정보 같은 거 없을까요?
-그런 게 있을 리가…….
-ㅋㅋ 그러게요.
-차라리 직접 가 보시는 게?
-저도 가야겠네요. 다음에 봅시다.

-'알리하' 님이 나가셨습니다.
-'일루전의 세계' 님이 들어왔습니다.

알리하가 나가고 새로운 누군가가 들어왔다.
들어오자마자 글을 남겼다.

-반갑습니다. 일루전의 세계입니다. 혹시 이번 보물 던전에 관하여 아시는 분이 있으면 일루전의 세계로 제보해 주시면 감사하겠습니다. 그 정보에 관한 가치는 보상하도록 할 테니 꼭 연락 부탁드리겠습니다. 이메일은……

잠깐의 정적이 흐르고.

-허, 뭐죠?
-일루전의 세계? 진짜 그 프로그램 사람인가?
-사기는 아니겠죠?
-에이, 저런 걸로 사기를 칠까요?
-모르죠.
-일루전의 세계님, 누구세요?
-PD라도 되나?

일루전의 세계는 답이 없었다.

-으음, 아무튼 아는 사람이 있으면 저기에 제보하면 되겠네요. 저도 이제 집에 도착했으니 일루전에 접속하러 가 보겠습니다. 그럼 이만.

-'카포' 님이 나가셨습니다.

그때 한 사람이 나갔고.

-'일루전의 세계' 님이 나가셨습니다.

일루전의 세계도 말없이 접속을 종료했다. 더 있어 봤자 득될 게 없어 보였기 때문이다. 정보를 아는 사람이 있다면 메일로 보내줄 것이기에 기다리기도 했다.

물론 채팅방에만 글을 남긴 건 아니었다. 각종 일루전 커뮤니티는 물론이고 홈페이지의 자유게시판과 TIP게시판, 그리고 각종 글의 댓글에도 글을 남겼다.

아는 지인에게는 토넘 들판으로 향해 그곳의 상황을 녹화해 주기를 부탁했다. 그만큼 새롭게 오픈한 콘텐츠의 가치가 무궁무진했기 때문이다.

예전 붉은 탑의 경우에도 독점으로 방송을 하게 되면서 얼마나 큰 이익을 봤던가. 이번에는 무려 보물 던전이라는 자극적인 단어로 치장된 새로운 콘텐츠였다. 이건 탑보다 더 많이 사람들의 마음을 뒤흔들 수 있는 소재였다.

후우, 이 정도면 된 건가.

노트북을 잠시 바라보다 고개를 틀었다. 마침 이번 주 방송분을 녹화하기 위해 찾아온 유라가 보였다.

"왔어?"

"응, 삼촌은 뭐 해?"

"방송국이야."

"아, 미안. 피디님, 뭐 하세요?"

"뭐, 그냥. 준비하고 와."

"네!"

대답하며 사라지는 유라의 뒷모습을 잠시 바라보다 이메일을 확인했다. 몇 개의 메일이 오기는 했는데 하나같이 눈에 뻔히 보이는 거짓으로 치장되어 있었다. 한숨을 쉬며 몸을 일으킨 그가 방송국 앞에 있는 흡연 장소로 향했다.

담배를 꺼내어 입에 물었다.

타악.

라이터를 켜서 불을 붙이고 연기를 크게 내뱉는다. 갑갑한 마음이 일부 해소되었지만 여전히 어깨가 무거웠다.

보물 던전이라. 독점한다면 시청률이 얼마나 나올까.

생각만으로도 군침이 돈다.

그 탓일까. 수시로 휴대폰으로 이메일을 확인하게 되었다.

물론 성과는 제로.

담배를 피운 김민호 PD가 방송국으로 다시 들어갔다.

"자, 녹화부터 하자."

"예!"

일단은 녹화가 먼저다. 잡념을 애써 지웠다.

짧은 녹화를 끝내고 김민호 PD와 유라 두 사람이 함께 저녁을 먹었다.

"삼촌, 휴대폰은 왜 자꾸 보는 거야?"

"아, 메일이 올 게 있어서."

"이메일?"

"응."

"뭔데?"

"보물 던전 열린 건 알지?"

"당연하지. 나 지금 그거 때문에 당장 집에 가고 싶다고!"

"그래, 밥은 먹어야지."

"치, 나도 알아."

"아무튼 그거랑 관련해서 글을 좀 남겼어. 정보가 있으면 메일 좀 달라고. 안 올 걸 알면서도 자꾸 확인하게 되네."

말을 하던 김민호 PD의 눈이 순간 빛났다.

문득 그가 떠오른 것이다.

"참, 그 사람은 아직도 가끔 봐?"

"누구, 무혁 씨?"

"응."

"요즘 너무 바빠져서 잘 못 보기는 하는데 가끔 만나서 밥은 먹고 있어."

"그래도 가끔은 보는구나."

"응, 왜?"

김민호 PD가 상체를 숙였다.

"요즘 뭐 특별한 얘기는 없었어?"

"트, 특별한 얘기라니? 우리 그런 사이 아니야."

유라의 표정이 시무룩해졌다.

"이상하게 시간이 지날수록 내가 편해지나 봐……."

"으, 응?"

"그냥 그 사람한텐 내가 친구인 거겠지?"

갑자기 대화의 방향이 틀어졌다.

"그게 아니라……."

"어? 그, 그럼?"

"뭐 던전을 발견했다든가……."

"……."

유라의 눈이 찢어졌다.

"삼촌!"

"하, 하하. 미안. 아무튼, 네가 그런 생각을 하고 있을 줄은 몰랐네."

"치, 몰라!"

유라가 고개를 돌려 버렸다. 한동안 난감해하던 김민호가 그녀를 달래었고 다시 함께 저녁을 먹기 시작했다.

아무튼 별 얘기는 없었다는 거네.

속으로 생각하며 다시 한번 남몰래 한숨을 내쉬었다.

그래도…….

쉽게 그 이름을 떨칠 수 없었다.

무혁. 그에 관해서 알게 되면 알게 될수록 감탄하지 않을 수가 없게 된다.

가장 놀란 것은 일루전을 시작한 시기였다. 그는 일루전이 오픈하고 반년 후에야 처음으로 접속했다. 그럼에도 불구하고 엄청난 속도로 성장해 일루전의 세계와도 계약을 맺었다.

최근에는 상당히 큰 길드와 마찰을 빚었다고 들었었다. 그때는 솔직히 크게 걱정을 했었는데 2개월 정도가 지났을 무렵에는 오히려 그 길드를 파괴했다는 이야기에 눈이 절로 커졌다. 믿기 어려워서 개인적으로 알아보기까지 했었다.

결론은 대박. 그 이야기에는 조금의 과장도 없었다.

오히려 부족할 정도였다. 그래서 그를 방송에 내보내고 싶어 연락했던 적도 있었는데 거절을 당했다. 그 이후로는 이렇다 할 정보를 제공받지 못했다. 아마도 레벨 업에 집중한 모양이었다.

그러니 지금 최상위 랭커가 된 거겠지.

어쩌면 많은 랭커와 연을 맺고 있을지도 모른다.

정말 어쩌면……. 만약 그렇다면 보물 던전과 관련된 아주 작은 무언가라도 알고 있지 않을까.

그 생각은 시간이 흐를수록 조금씩 짙어졌다.

그래, 물어보자!

문자를 작성하기 시작했다.

라면을 먹은 후 동네 공원을 산책했다. 성민우와 다시 만나기로 했던 시간이 되지 않아서이기도 했고 오랜만에 바람도 쐬고 싶었기 때문이다.

집 앞에 있는 공원에 도착하니 생각보다 많은 사람이 산책하고 있었다. 모녀도 보였고 커플도 있었다. 가족과 아이도 보였고, 강아지와 산책하는 사람도 눈에 들어왔다.

"으차."

벤치에 앉아 팔짱을 끼고 가만히 바라본다, 잡념을 지운 채 멍하니.

나름대로 운치도 있고 괜찮았다.

드드드.

품에서 울리는 휴대폰만 아니었다면 더 좋았을 텐데.

그런 생각을 하면서 휴대폰의 액정을 확인했다.

피디님?

오랜만에 보는 이름이었다. 메시지 확인 버튼을 눌렀다.

[오랜만이네요. 잘 지내고 계시죠?]

별 내용은 없었다.

[네, 잘 지내고 있어요.]

[아, 바로 보셨네요. 저녁 드시나 봐요.]

[네, 밥 먹고 잠깐 산책하러 나왔어요.]

잠시 답장이 없었다.

드드드.

그러더니 갑자기 전화가 걸려왔다.

"아, 네. 여보세요."

-하하, 전화가 편할 것 같아서요.

"저도 이게 편하네요."

-그냥 안부 인사도 하고 또 궁금한 것도 있어서요.

"어떤……?"

-혹시 보물 던전에 관해 알고 계신 거 있으신가 해서요.

순간 무혁의 눈이 조금 흔들렸다.

어떻게 안 거지?

순간 당황해서 대답을 하지 못했다.

-보물 던전을 독점으로 촬영하고 싶은데 아는 사람이 없더라고요. 무혁 씨는 최상위 랭커니까 뭐라도 알고 있지 않을까 싶어서 연락드렸네요. 실례가 되었다면 죄송합니다.

다행스럽게도 이어진 말에서 추측이 틀렸음을 깨달았다.

"아, 그러시구나."

-네.

어떻게 대답을 해야 할까. 생각할 시간이 필요했다.

"아, 지금 어머니가 연락이 와서요. 다시 전화드릴게요."

-아, 네. 알겠습니다.

전화를 끊고 잠시 눈을 감고 득실을 가만히 생각해 봤다.

독점적인 촬영이라.

어차피 최상위 랭커. 여기서 좀 더 주목을 받는다고 해서 크게 달라질 건 없었다. 게다가 아이템만 바꿔도 사실 알아보는 게 쉽지가 않다. 소환사의 스탯이 소환수에 영향을 준다는 정보도 이미 풀린 상태다.

그건 걱정할 거 없고.

조폭 네크로맨서에 관한 정보는, 역시 곧 풀릴 정보였다.

그럼 거부할 이유가 없었다.

돈도 되고 말이야.

결정을 내리고 다시 김민호 PD에게 전화를 걸었다.

한편.

저녁을 먹고 밖으로 나온 김민호 PD가 유라를 데려다줬다. 이제 집으로 돌아가기 위해서 시동을 걸고 도로로 진입했는데 전화가 걸려왔다.

"어어……!"

서둘러 근처에 차를 세웠다.

"생각보다 일찍 전화 주셨네요."

-보물 던전에 대해서 궁금하다고 하셨죠?

"네, 조그마한 거라도 알고 계신지……."

-알고 있어요.

순간 김민호 PD의 눈이 커졌다.

"알고…… 있다고요?"

-네.

"어, 어떻게……."

-제가 열었거든요.

그 말에 전기가 지르르 하고 흘렀다.

대박, 대박이다!

무혁의 성격을 조금은 알고 있다.

계약할 의사가 없었다면 말도 꺼내지 않았으리라.

"독점 계약, 하시겠습니까?"

-그러죠.

확고한 대답에 주먹을 쥐었다.

"그럼, 언제 뵐까요?"

-음, 지금 바로 가능한가요? 조금 있다가 접속해서 던전을 돌아야 하거든요.

"아, 그럼 지금 해야죠. 그럼요. 제가 금방 준비해서 가겠습니다!"

전화를 끊고 곧바로 방송국으로 향했다.

계약서를 가져오기 위해서.

곧바로 성민우에게 전화를 걸었다.

"어, 좀 나와."

-왜?

"계약하기로 해서."

-엥? 계약? 갑자기 뭔 소리야?

"아, 보물 던전 관련해서 일루전의 세계랑 계약할 거야."

-허얼, 그래? 근데 나는 왜?

"너도 와야지."

-으엄, 그럴까? 오케이, 금방 간다! 근데 어디로?

"우리 집 앞으로."

-콜!

아무리 친구라고는 하지만 독단적으로 일을 진행할 마음은 없었다. 그게 작은 앙금이 되어서 언젠가 터질 수도 있는 법이니까.

과거 전신 마비로 병원에 있을 때 유일하게 친구로 남아준 성민우다. 진짜 친구라 여기는 만큼 마음이 상할 일은 애초에 만들고 싶지 않았다.

"빨리 와라."

-알았으!

전화를 끊고 다시 멍하니 있는데 몇 분이나 지났을까.

끼이이익.

자동차가 서는 소리, 뒤이어 문이 닫히면서 달음박질의 진동이 느껴졌다. 성민우가 헉헉거리며 뛰어오고 있었다.

"왔냐?"

"후읍, 후아. 안 늦었지?"

"어."

뒤이어 또다시 자동차 소리가 들렸다. 김민호 PD였다.

그제야 벤치에서 몸을 일으킨 무혁이 그에게 다가갔다.

"오셨네요."

"하하, 네. 많이 기다리셨죠?"

"아뇨, 괜찮아요."

김민호 PD가 고개를 틀었다.

"아, 혹시……."

"반갑습니다! 전에 붉은 탑때 같이 있었던 친구입니다."

"그러시군요."

그러면서 무혁을 쳐다봤다.

왜 함께 온 것인가. 의문을 해소해 달라는 눈빛이었다.

"보물 던전을 같이 발견해서요."

"아……!"

김민호 PD의 눈이 커졌다.

"그러셨군요. 그럼 두 분 다 같이 가시죠."

함께 근처 카페로 이동했다. 커피 세 잔을 주문하고 구석에 자리를 잡았다. 잡담을 나누고 있으니 진동벨이 울렸다.

커피가 나오자 그제야 본론으로 들어갔다.

"자, 그러면 보물 던전 계약에 관해 이야기해 볼까요?"

"그래야죠."

"크으, 좋습니다!"

무혁은 덤덤했고 성민우는 조금 흥분한 기색이었다.

"일단 계약 전에 확인 가능할까요?"

무혁이 휴대폰을 꺼내어 이메일을 열었다. 자신에게 보낸 메일함으로 들어가서 파일을 다운로드 했다. 그것을 재생하니 영상이 짧게 이어졌다. 무혁이 상자를 여는 모습. 그리고 아래에 떠오르는 메시지까지 녹화되어 있었다.

"이 정도면 되죠?"

"충분합니다."

김민호 PD가 계약서를 올려놓았다.

"그럼 계약부터 하죠."

"나서시 정보는 안 늘어도 되나요?"

"괜찮습니다. 무려 새로운 콘텐츠고, 보물 던전이니까요."

"하긴……."

이후 계약서를 설명하는 김민호 PD였다.

무혁은 이미 대부분 알고 있었기에 고개를 끄덕였고 성민우는 궁금한 것들을 하나씩 물어보기 시작했다.

"이 부분은 왜 수정을 한 거죠?"

"이게 원래는 인센티브가 시청률 상승 0.1퍼센트마다 100만 원인데 두 분이시라 반으로 나눈 겁니다. 그리고 촬영은 내일부터 시작해야 하기 때문에……."

"아하, 그렇군요."

설명을 마친 후 근처 문구점에서 계약서를 복사했다.

"자, 그럼 지장으로 하죠."

"좋아요."

계약을 마친 후 김민호 PD가 돌아갔다.

"갈 거냐?"

"글쎄."

"오랜만에 삼겹살에 소주나 한잔하자."

어차피 내일부터 촬영이라서 오늘 던전을 들어가도 내일 다시 입구로 돌아와야 했다.

성민우는 그게 귀찮았던 것이리라. 하지만 무혁은 그럴 수가 없었다. 보물 던전의 특징을 알고 있었기 때문이다.

"내일 마시자."

"내일?"

"응, 일루전의 세계 관계자들이랑."

"아, 그럴까?"

"오늘은 던전이나 돌자."

"어? 왜?"

"확인할 게 있어서."

무혁의 입꼬리가 올라갔다.

잠시 후 일루전에 접속한 성민우가 파티를 걸었다.

[유저 '무혁'이 파티를 거부합니다.]

그에 성민우가 고개를 갸웃거렸다.

"뭐야?"

"확인할 게 있다고 했잖아."

"그랬지."

"파티 안 맺고 던전에 들어갈 테니까 너도 들어와 봐. 별거 없으면 곧바로 나오고."

"음?"

무혁이 안으로 들어갔다.

멍하니 있던 성민우가 한숨을 쉬며 걸음을 내디뎠다.

"파티 안 맺고 던전에는 왜 들어가는 거야."

당연히 따로 떨어질 것이라는 생각을 하면서 던전에 입성했다. 아무것도 없었기에 곧바로 던전 밖으로 나갔다. 얼마 뒤에 무혁이 나왔다.

"다시 들어갈 테니까 또 들어와 봐."

"도대체 왜?"

"그냥 확인할 게 있어서 그래."

"어휴."

무혁이 들어가고 성민우가 들어갔다.

그렇게 총 여섯 번을 반복했을 때.

"허엇!"

깜짝 놀라며 뒷걸음질 쳤다.

"뭐, 뭐야!"

"왔냐?"

던전 내부에서 기다리고 있는 무혁을 발견했다.

보물 던전, 인원의 제한 없이 들어올 수 있는 어마어마한 규모의 공간. 던전에 입장하면 무수한 시작점 중 한 곳에 랜덤으로 떨어지게 된다.

물론 파티를 맺으면 같은 곳에서 시작한다.

무혁은 이미 알고 있던 정보였지만 이걸 성민우에게 그냥 알려줄 순 없었다.

처음 열리는 콘텐츠의 비밀을 알고 있다면 아무리 친구라도 이상하게 생각할 것이 분명했다. 그래서 이런 방법을 사용한 것이다.

운이 좋았네, 겨우 여섯 번 만에.

사실 열 번, 스무 번도 생각하고 있었으니까.

"혹시나 해서 해본 건데 파티 안 맺어도 같은 던전에서 보네."

"음, 그럼……."

"엄청나게 분잡해지겠지."

"허어, 유저들 어마어마하게 몰려올 텐데?"

"그만큼 재미도 있고 위험도 있는 거 아니겠냐?"

"히야, 이번 콘텐츠는 미쳤는데?"

"장난 아니지?"

"어, 죽인다!"

던전 안에서 부딪힌다, 안면도 없는 처음 보는 유저.

과연 어떻게 될까?

대부분은 무시한 채 보물을 찾기에 나서겠지만, 일부는 PK도 서슴지 않으리라. 그런 위험이 곳곳에 도사리고 있음으로 인한 긴장감. 그 속에서 보물을 찾는 것이다.

게다가 곳곳에 상당한 강한 몬스터까지 존재하기에 난이도가 매우 어려울 것이 분명했다.

"뭐, 우리야 촬영 중이니까 괜찮겠지만, 또 그렇게 확신할 수도 없는 문제고. 사실 촬영을 무시한 채 시비를 거는 미친 유저도 분명히 있을 테니까. 그러니까 아직 유저가 없을 때 편안하게 둘러보자고."

"그래야겠네, 진짜로."

"그런 의미로 새벽까지 달리자."

"콜!"

결정을 내리고 같이 던전 내부의 길을 거닐었다.

얼마나 나아갔을까.

치르, 치르륵.

혀를 날름거리는 소리가 들려왔다.

"으으, 저거 뭐냐."

상체는 인간인데 하체는 뱀이었다. 한 손에는 창을 들고 있었고 다른 손에는 수백 마리 작은 뱀이 꿈틀대고 있었다.

변종 히드라. 레벨이 무려 128에 해당하는 몬스터였다.

스켈레톤을 모두 소환했다.

"정령 소환."

성민우의 정령 12마리도 모습을 드러냈다.

스켈레톤과 정령들이 변종 히드라를 향해 나아갔다.

한 마리뿐인 녀석은 당황한 몸짓을 숨기지 못하며 다급히 손에 달린 작은 뱀들을 쏘아 보냈다.

날아간 뱀이 방패에 막혀 바닥에 떨어졌지만 살아 있는 뱀이었기에 자율적인 움직임이 가능했다.

빠르게 바닥을 기어가더니 방패 아래를 스치고 지나갔다. 아머나이트의1의 발목을 휘감으며 뼈를 깨물어버렸다.

아삭.

생각과는 다른 소리가 들려왔다.

상세 정보를 확인한 무혁의 표정이 좋지 않았다. HP가 상당히 빠른 속도로 지속적으로 줄어들고 있었기 때문이다.

문제는 뱀의 크기가 작아서 일일이 떼어내기가 어렵다는 점이었다. 결국 뱀을 무시한 채 변종 히드라를 빠르게 처리하기로 결정을 내렸다.

아머나이트, 검뼈 전원 돌진.

앞으로 나아간 스켈레톤들이 변종 히드라를 포위했다.

풍폭, 강력한 활쏘기.

그제야 무혁과 아머아처의 공격이 시작되었다.

파앙 하고 쏘아진 화살이 변종 히드라의 피부를 꿰뚫었다. 정령 12마리가 가세하면서 압박은 더욱 거세졌다.

치르륵!

버티기 어려운지 변종 히드라가 포효를 내지르며 창을 하늘로 던졌는데 그 창에서 새하얀 빛이 뿜어졌다.

그 빛이 작은 뱀들을 휘감았다. 빛을 받은 뱀이 변화했다.

치르, 치르륵.

얇았던 몸이 성인 남자의 허리만큼으로 굵어졌고 길이는 기존의 3배 정도가 되었다. 몸집이 커지면서 파괴력 역시 높아졌다. 더 이상 방치할 수 있는 수준을 벗어나게 되었다.

윈드 스텝 스킬을 사용하여 아머나이트에게 다가갔다. 녀석들을 스치고 지나가면서 검을 빠르게 휘둘렀다.

휙, 휘휙.

방어력과 HP가 높은 것인지 좀처럼 죽지 않았다.

풍폭과 십자 베기를 사용하고서야 한 마리를 처치할 수 있었다. 문제는 이런 뱀이 수백 마리라는 사실이었다. 몇 번의 검

격으로 죽일 수 있다면 움직이려고 했는데 아무래도 이 방법
도 어려울 것 같았다.

별수 없이 처음의 방향을 고수하기로 했다.

그래, 누가 먼저 죽나 해보자고.

변종 히드라를 집중적으로 노렸다.

아머나이트, 강한 일격. 아머아처, 파워샷. 아머아처, 활뼈,
연사. 부르탄, 기파.

아머나이트 후퇴. 메이지 전원 마법 공격!

아머기마병 돌격, 가속 찌르기!

쉴 새 없이 지휘를 했다.

스켈레톤들은 그런 무혁의 지휘를 즉각 따라줬고 덕분에
모든 공격을 변종 히드라에게 집중시킬 수 있었다.

"나도 간다!"

옆에 있던 성민우와 정령들도 공격을 퍼붓는다.

콰과과광!

현란한 스킬들의 향연에도 변종 히드라는 생각보다 더 오래
버텼다. 좀처럼 죽지를 않았다. 결국 끊임없이 뱀에게 공격을
받은 검뼈가 전원 역소환이 되었고 아머나이트 세 마리도 전
투 불능 상태가 되었다.

시간이 지날수록 피해는 더욱 커지리라.

"좀 더 빡세게 공격하자!"

"오케이!"

무혁도 놈에게 접근하여 검을 휘둘렀다.

풍폭, 십자 베기!

변종 히드라가 몸을 틀며 창을 찔러왔지만 이미 공격을 마친 무혁은 뒤로 물러난 후였다.

풍폭, 강력한 활쏘기.

쏘아진 화살이 변종 히드라의 얼굴로 날아갔다.

멀티샷, 다섯 대의 화살이 동시에 뿜어졌다.

무혁의 것만이 아니었다. 함께 쏘아 보낸 아머아처와 활뼈의 뼈 화살이 허공을 뒤덮었다.

무수한 뱀들이 변종 히드라의 팔에서 튀어나와 뼈 화살을 대신 맞았지만 일부는 뱀을 스치고 지나가 변종 히드라의 신체에 박혔다.

무혁의 멀티샷 역시 마찬가지였다.

죽은 자의 축복.

지팡이로 변형해 마법까지 사용했다.

"흐랴아아압!"

성민우 역시 달려들어 변형 히드라를 현란하게 타격했다.

['아머나이트2'가 역소환됩니다.]

['아머나이트5'가 역소환……]

스켈레톤들이 죽어 나갔지만 무시했다.

쾅! 콰과과광!

끝없이 공격을 퍼부었다.

　　　　　　　　　　　●

78마리의 중에서 마지막까지 남은 스켈레톤의 숫자가 겨우 30마리 정도였다. 성민우의 정령은 12마리 중에서 9마리가 역소환을 당했다.

그 정도로 변종 히드라는 까다로운 몬스터였다.

"후아, 더럽게 힘드네."

"좀 까다롭긴 하지."

무혁이 소환수를 모두 보냈다.

"쉬고 있어."

"넌?"

"난 한 번 살펴보고 오게."

"음?"

"은신으로."

"아……!"

무혁이 웃으며 걸음을 내디뎠다.

저 멀리 몬스터가 보일 즈음.

은신.

스킬을 사용하여 모습을 감췄다.

던전에 숨겨진 보물은 10개.

단 하나의 보물이라도 획득하게 되면 48시간 이후 모든 보물이 초기화가 된다. 위치도 보물의 종류도 달라지는 것이다. 그게 총 7번이 반복되면 보물 던전 자체가 사라진다.

보물 던전 영상도 꽤 많이 봤었지.

무혁은 몬스터와 거리를 좁히며 상념에 잠겼다.

꽤 쉬운 위치도 있었고, 반대로 어려운 위치에 숨겨진 적도 있었다.

그야말로 랜덤, 운이 따라줘야만 한다.

스윽.

몬스터를 지나친 후 갈림길에서 오른쪽으로 나아갔다.

이후 벽면과 바닥을 주의 깊게 살펴보기 시작했다. 어차피 제한 시간은 30분이었기에 많이 가 봤자 겨우 한두 블록이기에 큰 의미가 없었다.

그보다는 한 공간이라도 제대로 살펴보는 게 무혁에게는 더 의미가 있었다. 바닥과 벽면, 천장을 전부 살폈을 즈음에는 벌써 25분이 흐른 상태였다.

뭐, 이 정도면 충분하지.

아직 3분이 남았기에 되돌아갈 시간은 충분했다. 이제 내일부터는 남들과 비교할 수 없는 아주 거대한 이점을 사용하여 본격적으로 보물 탐사에 나서리라.

이런저런 생각을 하는 사이 어느새 출발 지점에 도착했다.

마침 은신이 풀렸다.

"어? 언제 왔냐?"

"방금."

"난 휴식 끝. 더 돌아볼 거지?"

"어, 여기도 좀 살펴보고."

바닥과 벽면, 천장을 꼼꼼하게 확인하는 무혁이었다.

비슷하네.

절로 미소가 그려졌다.

다음 날.

이른 아침부터 토넘 들판이 북적거렸다.

"여기 맞지?"

"보면 모르냐? 유저가 바글거리잖아."

"새끼, 물어볼 수도 있지."

"어휴, 멍청아."

"까칠하네, 오늘따라."

"당연한 거 아니냐? 이 많은 유저가 던전 하나에 들어갈 수 있겠어? 힘들게 왔는데 허탕 칠 거라고 생각하니 짜증 난다, 짜증 나."

"에이, 잘될 수도 있지."

"이 인원을 보고도 그 말이 나와?"

말을 한 유저가 고개를 돌렸다. 어마어마한 숫자였다.

"진짜 개미 떼다, 개미 떼."

"쩝."

시간이 지날수록 유저가 늘어났다.

그때, 웅성거림이 커졌다.

"뭐야?"

궁금했지만 갈 수가 없었다. 지금 줄을 이탈해 버리면 지금 까지 기다린 시간이 허무하게 날아가 버리는 것이니까. 결국 궁금증을 참으며 상황이라도 전해지길 기다렸다.

얼마 지나지 않아서 앞에 있던 유저들의 대화가 들려왔다.

"허, 진짜?"

"어, 던전에서 누가 나왔다는데?"

"와, 뭐지? 우린 들어가려고 안달인데. 나오다니?"

"벌써 클리어한 건가?"

"설마."

그때 앞에 있던 유저가 오더니 호들갑을 떨었다.

"야, 야. 대박. 내가 대박 뉴스 가지고 왔다!"

"뭔데?"

"던전에서 나온 유저 있잖아."

"어."

"그 유저가 이번 콘텐츠 개방한 거래!"

"헐, 진짜?"

"어! 그래서 지금 일루전의 세계 관계자랑 유라 알지?"

"당연히 알지."

"같이 던전에 다시 들어갔다는 거지!"

"헙, 그건 진짜 대박이네."

"그치?"

호기심을 느낀 일부 유저가 결국 줄에서 이탈하여 앞으로 향했지만 이미 그때는 무혁과 성민우, 그리고 일루전의 세계 프로그램 관계자 전원이 던전으로 진입한 후였다.

녹화를 시작하기 전, 유라가 다가와 반갑게 인사했다.

"오랜만이에요, 무혁 씨."

"네, 잘 지냈어요?"

"엄청 바빴죠. 그래서 예전에 사냥 꼭 같이하자고 했었는데 지키지도 못하고…… 죄송해요."

"아, 괜찮아요."

사실 무혁 본인도 크게 신경 쓰지 않고 있었으니까.

"뭐, 여기도 던전이니까 약속은 지킨 걸로 해요."

"그럴까요?"

"네. 참, 그리고 궁금했던 것 중 하나인데요."

"어떤?"

"무혁 씨와 소환수가 강했던 이유요."

"아."

"스탯을 힘, 민첩, 체력 위주로 올려서 그랬던 거죠?"

이미 풀린 정보였으니 아마 그걸 토대로 추측한 모양이다. 무혁은 희미하게 웃으며 고개를 끄덕여 줬다.

"역시 그랬군요. 뭐, 아직 의문이 다 해소된 건 아니지만 여기까지만 할게요."

유라의 미소가 꽤 밝았다.

두 사람이 대화를 나누는 동안 다른 사람들은 던전 입장을 위한 정비를 했다. 전투 유저들은 장비를 점검했고 촬영을 위한 유저들은 촬영 시스템을 확인했다.

그때 다섯 명의 유저가 같은 공간에 나타났다.

"어……?"

무혁과 성민우, 둘을 제외한 나머지 모두의 눈이 커졌다.

"어떻게 된 거야?"

"뭐, 뭐지?"

서로를 보며 놀라는 이들.

성민우가 무혁을 보더니 크큭거리며 웃었다.

"왜?"

"안 알려줄 거냐?"

"알려줘야지."

조금 더 지켜보려고 했지만 너무 당황하는 것 같아서 그냥 나서기로 했다.

"피디님, 제가 미처 말을 못 했네요."

"네? 어떤……?"

"아침에 접속해 보니까 이미 꽤 많은 유저가 던전에 있더라고요. 그래서 몇 번 나갔다가 들어오는 걸 반복했거든요. 그때마다 장소가 조금씩 바뀌더라고요. 그래서 공간이 다른가 싶었는데 조금 나아가다 보니 전에 봤던 유저랑 마주쳤지 뭐에요."

김민호 PD는 물론이고 던전에 있던 유저 모두가 무혁에게 집중했다.

"아무래도 보물 던전은 유저가 모두 같은 공간에 떨어지는 것 같아요."

그 말이 주는 충격이 꽤 컸다.

"그, 그런……!"

대부분이 당황했다, 김민호 PD는 오히려 즐거워했고.

"하, 하하!"

이야기를 듣자마자 아주 재밌는 장면을 잡아낼 수 있으리라 생각한 모양이었다.

"정말 대박이네요, 대박!"

"그런가요?"

"그럼요! 아무튼 저희는 휴식도 다 취했으니 그만 가 볼까요? 다른 유저가 오면 괜히 불편해질 수도 있으니까요."

"그게 좋겠네요."

서둘러 앞으로 향했다.

뒤에 있던 다섯 유저가 서로를 힐끔거렸다.

"시발, 망했네."

"하아, 젠장."

모든 유저와 같은 공간에 떨어진다?

생각만으로도 진저리가 쳐졌다.

"쩝, 그래도 시도는 해봐야지."

"그래, 가 보자."

뒤늦게 그들 역시 이동했다.

나타난 변종 히드라.

성민우가 정령으로 귀찮게 하자 화가 난 녀석이 작은 뱀 수백 마리를 흩뿌렸다. 그 순간 유라가 앞으로 나아가더니 미간을 찌푸리며 기합을 터뜨렸다.

"하아압!"

적들의 시선을 잡아끄는 스킬, 도발이었다.

수백 마리의 뱀이 유라에게 돌진했다.

"철벽!"

방어 스킬을 쓰면서 공격을 버텨냈고 뒤쪽에서는 지속적으로 힐을 사용해 줬다.

"힐, 힐!"

유라의 HP가 줄어들었다 차오르기를 반복하는 동안 마법사 한 명이 긴 주문을 외웠다.

강력한 바람이 그에게 집중되었고 이내 눈을 떴다.

"지금!"

그 소리에 유라가 범위 스킬을 사용하여 뱀들을 뒤로 물렸다. 동시에 강한 바람이 불어와 그 뱀을 휩쓸어 버렸다.

콰콰콰쾅!

모든 뱀이 즉사했다. 이후 홀로 남은 변종 히드라를 공격.

녀석이 분노하며 다시 뱀을 흩뿌렸다. 이번에는 스킬을 사용해 뱀을 더욱 강화했지만 같은 방법으로 모두 없애버렸다.

그렇게 몇 번을 반복하니 변종 히드라도 더 이상 뱀을 내보내지 못했다. 그때부터는 사냥이 쉬웠다.

"워후."

뒤에 있던 성민우가 그 모습을 보며 감탄했다. 이내 무혁에게 다가가 조그마한 목소리로 중얼거렸다.

"야, 확실히 구성을 갖춰서 사냥을 하니까 엄청난데? 우리보다 훨씬 쉬워 보이네."

"부럽냐?"

"으음, 조금?"

"저 사람들이 우릴 보면 아마 사기라면서 본사에 문의할지도 몰라."

"아, 그런가?"

성민우가 머리를 긁적거렸다.

그때 유라가 뒤를 돌면서 말했다.

"자, 처리했으니 다시 갈까요."

다들 걸음을 옮긴다.

"갈림길이네요. 어디로 갈까요?"

"뭐, 어차피 모르니까 아무 데나 가죠."

"그럼 오른쪽으로."

앞으로 향하던 중에 무혁의 미간이 찌푸려졌다.

유저?

전방에서 일단의 무리가 다가오고 있었다.

적어도 삼십 명.

묘한 긴장감이 흐른다.

저벅.

그리는 동안에도 거리는 좁혀졌고 이윽고 그들의 모습이 드러났다. 여성 유저가 단 한 명도 보이지 않았다. 그들 모두가 하나같이 덩치가 크고 얼굴은 험악하게 생긴 남성 유저였던 것이다.

무혁은 물론이고 일루전의 세계 프로그램 관계자 전원이 잠깐 멈칫했지만 멈추기에는 이미 다이밍이 늦어버렸다.

결국 거리는 더 가까워졌고 이제 몇 걸음만 더 옮기면 서로에게 닿을 정도가 되었다.

꿀꺽.

적막이 감도는 가운데 누군가의 침 삼키는 소리가 울려 퍼졌다.

손만 뻗으면 닿을 거리에서 서로가 서로를 직시한다. 그 순간 낯선 유저들의 가장 선두에 있던 사내가 갑자기 눈을 크게 뜨더니 저돌적으로 달려들었다. 놀란 유라가 검을 뽑아 들어 휘두르려는 순간.

"유라 님! 유라 님 맞으시죠?"

거구의 사내가 헤벌쭉한 표정을 지으며 몸을 배배꼬았다. 그 순간 뒤쪽에 있던 사내들의 눈동자가 돌변했다. 믿지 못하겠다는 듯 앞으로 다가오더니 유라의 얼굴을 확인하기 시작한 것이다.

"지, 진짜 유라 님이야!"

"오, 오오! 유라다! 유라 님이 납시었다!"

"저, 저 진짜 광팬입니다!"

확인과 동시에 다들 정신을 놓아버렸는지 하나같이 거구의 덩치로 부끄러운 심정을 내비치고 있었다.

순간 멍해진 유라가 뒤로 물러났다.

"……"

하지만 아직 끝이 아니었다. 뒤쪽에 다른 사내들이 남아 있었다. 그들 역시 유라를 보더니 고함을 지르며 환호했다.

"우와아아아!"

소란은 한참 동안 이어졌고.

"아, 고, 고맙습니다."

정신을 차린 유라가 부드럽게 웃어줬다.

생각보다 많은 사내들의 수는 정확히 32명이었다.

"이거 혹시 일루전의 세계인가요?"

"네, 맞아요."

"대, 대박! 저도 나오는 거죠?"

"예, 뭐……."

처음에는 꺼림칙했지만, 대화를 나누면서 험악하게 생긴 이 남자들이 순진하다는 사실을 깨닫게 되었다. 그래서 경계심을 허물고 함께 이런저런 이야기를 나눴다.

"참, 조심하세요. 앞에 몬스터가 아주 그냥."

"고마워요."

"고, 고맙긴요. 헤헤."

사내가 얼굴을 붉히며 웃었다.

"아, 참. 이야기만 하고 이거, 소개가 늦었습니다. 저희는 알부자 길드라고 합니다! 저는 알부자 길드를 이끌고 있는 멋진 놈입니다!"

"네?"

"아, 제 캐릭터명이 멋진놈입니다. 하하."

"쿡, 그러시구나. 이름이 재밌네요."

"하하, 네. 알고 보면 부드러운 남자 멋진놈이라고나 할까요."

"네?"

알부자, 알고 보면 부드러운 남자. 줄임말이었던 것이다.

뒤늦게 의미를 깨달은 유라가 웃음을 참지 못한 채 폭소하고 말았다.

"푸, 푸훗!"

그 모습에 알부자 길드원들이 환호를 내질렀다.

"유, 유라 님이 웃으셨다!"

"천사의 미소라니……!"

뒤에서 지켜보는 다른 사람들의 표정은 시간이 지날수록 썩어가고 있었다.

잠시 후.

알부자 길드와의 짧고도 참으로 길었던 대화가 끝나고.

"그럼 다음에 인연이 있으면 또 봬요."

"오, 오오. 마음까지 예쁘시다니!"

"천사님, 아니, 유라 님. 이만 가 보겠습니다!"

"아, 네. 조심하시구요."

"감사합니다!"

그들은 떠나면서도 계속해서 유라를 힐끔거렸다. 그럴 때마다 얼굴이 붉어지고 눈동자에는 힘이 풀렸다.

그렇다고 기분이 나쁜 건 아니었다. 그들의 시선에서 음흉함을 느낄 순 없었기 때문이다. 물론 조금 과하긴 해지만.

그들이 떠나고 유라가 말했다.

"재밌는 분들이었네요."

김민호 PD가 한숨을 쉬었다.

"후우, 아무튼 문제는 없었으니 다행이네요. 그럼 다시 출발하죠."

"예."

유라를 포함한 전원이 걸음을 옮겼다. 그때까지도 여전히 유라를 힐끔거리던 알부자 길드원 한 명이 아쉬운 표정을 감추지 못한 채 고개를 정면으로 했다. 그 순간 잊고 있던 한 가지가 떠오르면서 절로 탄성이 새어 나왔다.

"아, 이런……!"

"왜 그래?"

"크, 큰일 났어요. 큰일!"

"무슨 일인데!"

"스샷, 스샷 기능도 있잖아요!"

일루전 시스템에는 영상 녹화와 스크린샷 기능이 있다.

"아, 맞네!"

"으아아아악! 젠장! 같이 스샷이라도 찍을걸!"

"왜 미리 생각 못 한 거냐! 막내야!"

"혀, 형님. 죄송합니다!"

"형님이 아니라 길드장님!"

"아, 예. 길드장님!"

우울한 표정의 알부자 길드장이 고개를 돌렸다.

"다시, 가 볼까?"

"예?"

"이미 늦었으려나?"

"예, 벌써 다른 갈림길로 들어갔을지도……"

"허어."

한탄을 거듭하고 있을 때였다.

저벅.

유라가 왔던 방향에서 또 다른 무리가 등장했다.

"음? 또 유저구나."

"예, 형님. 아니, 길드장님."

"크흠, 그래. 아무튼 괜히 싸우지 말고 곱게 지나가자."

"예!"

대답하며 걸음을 옮겼다.

다가오는 무리의 정확한 숫자는 20명이었는데 하나같이 로브를 깊게 눌러쓰고 있었다. 묘하게 분위기가 스산했지만 그래도 알부자 길드는 현재 32명으로 그들보다 인원이 많았기에 크게 신경 쓰지는 않았다.

저들이 수가 더 많았어도 개의치 않았을 것이다. 시비를 걸면 받아주면 된다는 마인드를 지니고 있었기 때문이다.

자신도 있었고. 또, 어차피 게임이니까.

이내 지척에 도달했고.

힐끔.

그냥 한 번 쳐다본 후 지나가려는 순간이었다. 로브를 눌러쓰고 있던 유저들이 갑자기 사라졌고 거의 동시에 뒤쪽에서 폭음이 들려왔다.

콰아앙!

놀라 고개를 돌려보니 알부자 길드원 몇 명이 크게 다친 상황이었다. 팔과 다리가 잘려 나간 상태였는데 그 탓에 이어지는 낯선 유저들의 공격에 제대로 대처하지 못했다.

특히나 막내의 상태가 심각했다. 양팔이 모두 잘려 나갔고 귀 하나도 떨어진 상태였다.

잠시 당황하는 사이에 손가락이 날아와 눈에 꽂혔는데 안에서 움직이는 느낌에 몸서리가 쳐졌다. 뒤이어 눈알이 뜯겨 나가며 아주 미미한 통증이 올라왔다. 문제는 그 통증을 훨씬 상회하는 공포라는 감정이었다.

"으, 으아아아악!"

순간적으로 이곳에 가상임을, 일루전이라는 게임 속 세상임을 잊어버렸다.

"내, 내 눈. 내 눈!"

떨어진 팔이 균형을 흩트린다.

뒤이어 남은 눈알까지 뽑히면서 시야가 사라졌다.

서걱!

잘려 나가는 느낌이 올라왔고 몸을 지탱하던 굳건한 다리 하나가 사라졌음을 깨달았다. 몸이 기우뚱거리며 넘어졌다.

쿠웅.

두려움과 고통이 어깨를 짓눌렀다.

"사, 살려줘. 살려줘요, 형님!"

"이, 이 새끼들이!"

뒤늦게 정신을 차린 알부자 길드원들이 서둘러 동생들을 구하기 위해 움직였다.

"힐부터!"

"예!"

"우린 저 새끼들 쓸어버리자고!"

마법이 펼쳐졌고 강력한 힘이 담긴 화살이 낯선 유저들에게 쏘아졌지만, 그들은 너무나 쉽게 모두 피해 버렸다.

움직임이 장난이 아니었다.

"그래 봤자……!"

알부자 길드장 멋진놈 역시 선두에서 적들을 상대할 생각이었다. 마침 한 명과 마주쳤고 주먹을 강하게 쥐었다.

철컥.

너클에서 뾰족한 날이 튀어나왔다. 스킬 경쾌한 스탭을 사용하여 접근한 후 왼 손을 가볍게 뻗었다.

로브를 눌러쓴 유저가 단검을 들어 올리더니 가볍게 쳐 냈다. 그러자 단검은 물론이고 그 단검을 손에 쥐고 있던 낯선 유저의 손목이 얼어붙었다.

순간적으로 몸이 굳어버린 사이 멋진놈은 오른 주먹을 휘둘러 낯선 유저의 얼굴을 가격했다. 너클로 인해 깊은 상처가 난 것은 물론이고 얼굴 주변이 얼어붙었다.

게다가 파워까지 실려 있었던지 낯선 유저가 비틀거리더니 균형을 잃고 넘어졌다.

그 모습에 알부자 길드원들이 환호하면서 기세를 높였다.

"별거 아니잖아!"

"쓸어버려!"

알부자 길드장이 넘어진 사내에게 다가갔다.

"왜 시비를 거는 거냐?"

그 순간 낯선 사내가 고개를 든다.

로브 사이로 언뜻 보이는 눈동자와 말려 올라간 입꼬리.

흠칫.

길드장 멋진놈의 눈동자가 흔들렸다.

저건 광기였다.

얼굴이 광기로 얼룩진 녀석이 몸을 일으키며 웃었다.

"그야, 게임이니까."

"뭐?"

"어차피 게임이잖아?"

그 말과 함께 낯선 유저가 달려들었다.

파바밧.

앞서 상대했을 때보다 훨씬 더 빨라지고 강해진 상태였다.

어떻게든 대응을 하고 있기는 한데 공격을 막거나 피하는 스스로가 오히려 더 신기하게 느껴질 정도였다.

그만큼 상대방의 움직임을 따라잡기가 어려웠다.

"으, 으윽!"

오래 버티지 못한 채 상처를 입고 말았다.

조금씩, 또 조금씩.

HP가 어느새 절반 아래로 줄어들었다.

"도, 동식아. 힐!"

"……"

힐이 필요했는데 아무 반응이 없었다.

"크억!"

결국 HP가 바닥이 나면서 자리에 주저앉고 말았다.

도대체 왜 힐을 주지 않은 것인가. 조금은 원망스러운 마음으로 고개를 뒤로 돌리는 그 순간 볼 수 있었다.

조금씩 희미해지고 있는 길드원들의 난도질당한 모습을 말이다.

"아……"

그 순간 내리꽂힌 단검이 배를 가른다.

극도의 공포가 뇌를 지배했다.

"대, 대체 왜……"

뽑아내는 내장들을 보여주며 낯선 유저가 다시 웃었다.

"말했잖아. 어차피 게임이니까."

"그게 무슨……!"

"아, 내 말이 어려웠나?"

"크, 크읍……"

"그래, 재미. 재미라고 해두자고."

그 말이 고막에 꽂혔다.

재미라니……!

이내 모든 감각이 사라지며 로그아웃을 당했다.

살육을 끝낸 스무 명의 유저.

"자, 다음은…… 어떤 맛있는 녀석들이 나타나려나."

그들의 광기는 아직 끝나지 않았다.

제5장
보물찾기

아무것도 모른 채 전진하는 무혁과 성민우. 그리고 유라를 비롯한 프로그램 관계자들은 다시 한번 나타난 갈림길에서도 역시 오른쪽 길을 택하기로 결정을 내렸다.

"계속 오른쪽으로 가야죠."

"그래야지."

그곳에서도 변종 히드라를 만났다. 몇 번의 전투로 조금 더 익숙해진 덕분에 그리 어렵지는 않았다.

[경험치가 상승합니다.]

무혁이 죽어버린 히드라에게 다가가 사체 분해를 했다.

[변종 히드라의 뼈(×1)를 획득합니다.]

획득한 뼈는 특성에 맞는 아머나이트의 뼈와 교체했다.

"자, 근처 수색부터 하자고."

"에에."

지친 대답이었지만 그렇다고 수색을 대충 하지는 않았다. 바닥과 벽, 천장을 꼼꼼하게 살폈지만 특별한 건 없었다.

"아무것도 없는데요?"

그 말에 김민호 PD가 다시 손짓했다.

"그럼 잠깐 쉴까요? 공복도도 낮아진 것 같은데."

"아, 벌써 시간이……."

녹화를 잠깐 중단하고 식사를 하기로 했다. 요리는 프로그램 관계자인 여성 유저가 하기로 했는데 무혁은 스킬 레벨을 올리기 위해서 억지로 몸을 움직였다.

"도와드릴게요."

"아, 고마워요."

함께 이것저것 요리를 했다.

앉아서 구경하던 유라도 끼어들었다.

"저도 도울게요!"

"어머, 유라 씨도요?"

"네, 스킬은 없지만……."

"고마워요. 그럼 이거랑 이것 좀……."

"네!"

그렇게 셋이서 요리에 열중했다.

경험치가 좀 올랐나?

[요리 13Lv(98%)]
보다 더 맛있는 음식을 만들기 위해서는 노오력이 필요하다.

이제 조금만 더 하면 14레벨이 된다.

제작은 12. 수리는 11.

10레벨을 넘어서면서 엄청나게 더딘 속도로 성장하고 있었다.

뭐, 시간이 해결해 주겠지.

스킬 레벨에 대한 상념을 지우고 만들어진 음식을 동료에게 나눠주기 시작했다. 받아 든 음식을 먹은 사람들이 하나같이 흐뭇한 미소를 지었다.

"이야, 맛있는데?"

"와, 끝내준다!"

다들 흡족하게 배를 채웠다. 공복도가 차올랐다.

"그럼 다시 가 보도록 하죠"

김민호 PD의 말과 함께 녹화가 다시 시작되었다.

한참을 나아가면서 사냥과 갈림길에서의 오른쪽 선택을 반복했다. 간간이 유저들과 마주쳤지만 걱정하던 일은 벌어지지 않았다.

"후우, 힘드네요."

"벌써 10시니까."

오전부터 시작된 탐색이 끝을 맺을 시간이었다.

"피곤하죠?"

김민호 PD의 말에 다들 고개를 끄덕였다.

"오늘은 여기까지만 하죠."

안도하는 표정이 사방에서 피어났다. 하루를 꼬박 몬스터만 사냥했으니 피로가 쌓이는 건 당연한 일이었다.

기대하던 보물에 대해서는 작은 흔적조차 발견할 수 없었기에 스트레스가 누적되기도 했고.

"그럼 이 자리에서 로그아웃을 하겠습니다."

"네."

"접속은 오전 8시로 통일해 주시고요."

"알겠어요."

그렇게 한 명씩 일루전에서 나갔다.

마지막 세 사람. 유라와 무혁, 그리고 성민우.

"내일 봐요, 무혁 씨."

"네."

"잘 가요, 유라 씨."

"민우 씨도요."

그녀도 떠나고 마지막까지 남은 무혁과 성민우가 서로를 쳐다보며 고개를 끄덕였다.

"스켈레톤 소환."

"정령 소환."

소환수를 사방으로 흩뿌렸다.

사방으로 나아가는 소환수와 시야가 공유된다.

CCTV와 비슷해서 혼란은 없었다.

그러다 몇 마리의 시야에서 몬스터가 잡혔다. 무혁은 최대한 몬스터와의 싸움을 피하려고 노력했다. 공격을 해와도 방어에 집중하면서 도망치는 데 노력을 기울였다. 간간이 유저와 마주치기도 했는데 크게 문제가 되진 않았다.

"저 스켈레톤 뭐야?"

"소환수인가?"

"근처에 네크로맨서 유저 있는 거 아냐?"

"그런가?"

"공격하지 마. 우리가 먼저 공격했다가 PK 판정 나면 골치 아파지니까."

"아, 그래야겠네."

그들이 알아서 몸을 사려준 덕분에 생각보다 멀리까지 이동이 가능했다.

"어디까지 갔냐?"

"어, 한 세 블록?"

"많이 갔네."

성민우가 의욕을 불태우며 집중했다.

"후아, 나 이제 네 블록!"

"그래? 난 다섯 블록."

"허얼……."

하지만 더 이상은 갈 수 없었다. 시야 확보의 레벨이 높아진다면 더 멀리 갈 수도 있겠지만, 현재는 여기가 한계였다.

"길은 대충 파악했고."

"나도."

"그럼 자세하게 살펴보자."

무혁은 소환수들의 시야에 집중했다. 약 20분이 지났을 때 성민우의 당황스러운 목소리가 고막을 파고들었다.

"어, 어……!"

"왜 그래?"

무혁이 묻자 성민우가 멍하니 고개를 돌렸다.

"차, 찾은 거 같아서."

"진짜?"

"어."

성민우의 동공이 흔들린다. 그 정도로 놀랐다는 뜻이리라.

"어딘데?"

"이쪽으로."

성민우를 따라서 갔다.

정말 찾았을까?

가능성이 없는 건 아니지만 성민우가 잘못 봤을 경우도 생각해야 하기에 크게 기대는 하지 않았다.

그러다 몬스터와 마주치면서 치열한 싸움이 벌어졌다. 근근이 버티던 무혁과 성민우는 스켈레톤이 한 마리씩 모이면서 우세를 점하기 시작했다.

[경험치가 상승합니다.]

꽤 힘겹게 승리한 후 다시 목적지로 향했다.

"저기야."

"왼쪽?"

"어."

왼쪽 길을 택해 들어가 파이어가 앉아 있는 곳으로 다가갔다. 벽면과 바닥이 이어지는 구석진 곳에 아주 틈이 있었다. 고개를 밀어 그 틈을 자세하게 바라보니 무언가 희미한 형체가 보이기는 했다.

"뭔가가 있기는 한데."

"그래?"

"근데 이걸 어떻게 찾은 거야?"

"이 녀석이 유독 밝잖아. 그래서인가, 뭔가 반짝이더라고."

"아아."

그렇다면 정말 운이 좋았다.

이게 정말 보물이라면 획득하는 순간부터 48시간이 지나면 모든 보물이 리셋이 된다. 그래서 차라리 이곳의 위치를 교묘하게 숨긴 후에 다른 보물의 위치를 먼저 파악하는 것이 더 이득이라는 생각이 들었다.

계속 소환수를 이용하면 되니까.

그 순간이었다.

[총 1개의 보물이 발견되었습니다.]
[리셋까지 남은 시간은 47시간 59분 59초입니다.]

누군가가 보물을 발견한 모양이었다.

이런.

이렇게 되면 무혁의 계획이 무의미해진다.

그냥 획득해야겠네.

그때 성민우가 물어왔다.

"리셋? 뭐야, 이거?"

"아무래도 보물을 발견하면 리셋이 되나 본데?"

"그럼 끝이란 거야?"

"그렇게 쉽게 끝나겠어?"

"그렇지?"

"그럼."

"후우, 다행이네. 우리도 꺼내자."

무혁이 검을 뽑아 틈 사이에 꽂았다.

키긱, 키기긱.

그리곤 이리저리 비틀었다. 틈을 넓히기 위함이었다.

이내 바닥이 부서지면서 공간이 만들어졌고 무혁은 손을 집어넣어 물건을 쥐었다. 차가운 기운과 예리함이 느껴졌다.

검인가?

틈으로 꺼내니 날이 튀어나왔다.

검이 맞았다. 그러다 손잡이 부분에서 걸렸다.

"여기 좀 깨뜨려줘."

"오케이."

성민우가 너클을 사용해 바닥을 타격했다.

쿵, 쿠웅!

몇 번의 주먹질 후에 검 한 자루를 획득할 수 있었다.

[총 2개의 보물이 발견되었습니다.]
[리셋까지 남은 시간은 47시간 57분 31초입니다.]

떠오른 전체 메시지를 무시한 채 검을 확인했다.

[드레이크의 피를 머금은 장검]
먼 과거의 어느 날. 드래곤들은 직접 무기를 제작하여 누구의 것이 가장 뛰어난지 내기를 했다고 한다. 공을 들여 제작한 무기가

한자리에 모였고 어떤 검이 가장 뛰어난지를 시험했다. 1차 시험은 만들어진 검끼리 부딪치는 것이었는데 거기서 무기의 절반이 부서졌다. 2차 시험은 드래곤의 가장 저급한 마법을 견딜 수 있는지였다. 2차 시험에서 대다수의 무기가 부서졌고 딱 세 자루의 검이 3차 시험을 치렀다고 한다. 3차 시험은 드래곤의 아류라고 할 수 있는 드레이크의 피부를 꿰뚫는 것이었는데 여기서 오직 단 하나의 검이 드레이크의 피부를 꿰뚫고 하늘까지 치솟았다고 전해진다. 그 검을 인정한 드래곤이 미미한 수준의 마법을 걸어줬으며 동시에 드레이크의 피를 머금어 더욱 예리해졌다고 한다.

　공격력 195

　추가 공격력 +25

　모든 스탯 +2

　이동속도 +5%

　공격 속도 +5%

　절삭력 증가

　특수 옵션 : 피해 흡수

　내구도 340/340

　사용 제한 : 힘 75, 민첩 55

무혁의 눈이 커졌다.

"대박⋯⋯!"

"나, 나도 보자!"

"어, 잠깐만."

무혁은 서둘러 특수 옵션을 확인했다.

[피해흡수]

24시간에 한 번 사용할 수 있으며 5초간 피해(5,000)를 흡수하는 보호막을 생성한다.

경악할 수준의 스킬이었다.

"허어."

손에서 절로 힘이 풀렸고 그 순간을 기다렸다는 것처럼 성민우가 검을 낚아챘다. 뒤이어 옵션을 확인하더니 무혁보다 더 크게 넋을 놓는 그였다.

"이, 이거 팔 거냐?"

"음, 글쎄."

이미 무혁에게는 쿠르칸의 장검이 있었다. 물공, 마공을 올려주고 변형 마법이 있어서 검, 활, 지팡이로의 변화가 자유로운 최고의 무기다.

"그냥 네가 써."

"어?"

"네가 안 쓰면 아머나이트한테라도 주던가."

"무슨……?"

"팔기에는 너무 아깝고. 내가 갖기엔 솔직히 부담되고. 그냥 네가 갖는 게 맞는 거 같다. 대신에 내가 사용하기에 적합한 보물이 나오면 그땐 내가 쓰면 되니까."

사실 무혁도 검이 아주 탐이 났다.

아머나이트에게 준다면 피해 흡수 스킬 덕분에 엄청난 효율을 자랑하리라. 공격력도 어마어마하고.

"그럴까?"

"어, 그게 마음이 편해. 내가 받는 게 너무 많기도 하고."

"흐음."

사실 보물 던전 발견에 있어서 무혁의 공이 대부분을 차지했고 또 평소 성민우는 무혁의 도움을 많이 받고 있다.

물론 서로 상생한다고 볼 수 있지만 분명한 것은 무혁이 성민우에게 주는 것이 훨씬 크고 많다는 것이었다.

"아무튼 이번 보물 던전에서 난 거들기만 하자고."

"좋을 대로."

불편을 강요할 생각은 없었다.

"오케이, 그럼 또 찾아볼까?"

"좋지."

두 사람 모두 다시 한번 소환수들의 시야에 집중했다.

일루전 홈페이지에 보물 던전에 관한 이야기가 올라왔다.

이미 대부분이 알고 있던 내용이라 시선을 끄는 건 없었다.

　다만 한 가지, PK라는 자극적인 소재가 곁들어지면서 관심의 정도가 한층 더 짙어졌다.

[제목 : 보물 던전 PK요.]

[내용 : 보물 던전에서 PK당했습니다. 진짜 당황스럽네요. 사냥 잘하고 있는 한 20명인가 로브 쓴 유저들이 갑자기 공격하더라고요.]

　그와 흡사한 글들이 줄지어 올라왔다.

[제목 : 저도 PK당했어요. 보물 던전에서.]

[내용 : 다들 로브 쓴 유저한테 당한 거죠? 저도 마찬가지인데요. 제가 보기엔 악명이 극에 달해서 붉어진 눈을 감추려고 로브를 쓴 것 같아요. 투구를 착용해도 눈은 보이는데 로브는 눌러쓰면 눈이 안 보이니까 다들 조심하세요.]

　댓글도 상당히 달렸다.

└카우 : 하, 나만 당한 게 아니구나.
　└안드레스 : 로브 쓴 사람한테 당함?
　　└카우 : 네, 기분 더러움.
　└미세스 : 저는 길드원끼리 움직였는데도 당했어요.

└마담 : 얼마나 길드원이 약하면······.

└미세스 : 길드원 40명이었고 최소 레벨 100이었는데요?

└마담 : 근데 왜 죽음? 헛소리.

└미세스 : 그 정도로 쌨으니 죽지, 미친 놈.

└서리 : 보물 얻은 사람은 없어요?

└민수 : 얻었겠죠, 뭐.

홈페이지를 끈 유라가 캡슐에 누웠다.

접속한 후 기다리고 있는 동료들을 바라보며 입을 열었다.

"다들 좋은 아침이에요."

"일찍 왔네."

"감독님도요."

"이제 한 사람만 오면 되겠네."

때마침 성민우가 접속했다.

"제가 꼴찐가요?"

"네!"

"아아, 죄송합니다!"

출발하기 전 정비를 하면서 유라가 슬쩍 오늘 봤던 홈페이지 내용을 언급했다.

"참, 보물 던전에 PK 전문 유저가 있다던데요?"

"유라 씨도 봤어요?"

"네, 파워 님도 보셨어요?"

"그럼요. 관심이 엄청나니까요. 로브를 눌러쓴 유저라면서요?"

"아, 맞아요."

"이미 악명도 높아서 눈도 붉을 거라고 예상하던데요."

"진짜 왜 그러는 걸까요?"

대화를 나누던 유라가 무혁에게 다가갔다.

"무혁 씨는 어때요?"

"네?"

"그 사람들 신경 안 쓰이세요?"

"뭐, 딱히."

"위험할 수도 있잖아요."

무혁은 그저 웃을 뿐이었다.

위험이라. 오히려 그들이 나타나길 바라는 마음도 있었다.

위기는 곧 기회라고 말한다. PK를 일삼는 그들 역시 마찬가지였다. 붉은 눈은 악명이 200을 넘었다는 소리고, 그럼 죽이기만 해도 아이템을 획득할 수 있다.

20명이니까 20개, 생각만으로도 웃음이 났다.

"왜 웃으세요?"

"아뇨, 그냥요."

"정말 무혁 씨는 속을 알 수가 없다니까요."

그 순간이었다.

[총 3개의 보물이 발견되었습니다.]

[리셋까지 남은 시간은 40시간 1분 19초입니다.]

벌써 3개의 보물이 발견되었다. 생각보다 빠른데.

무혁과 성민우야 이미 경험했기에 덤덤할 수 있었지만 다른 사람들은 아니었다. 갑작스러운 메시지에 놀라 상황을 파악하려고 애썼다.

성민우가 설명을 해주고서야 수긍하는 사람들이었다.

"어, 그럼 보물 찾으신 거예요?"

"네, 어제 무혁이랑 둘이서 남아 조금 더 훑어봤거든요."

김민호 PD가 아쉬운 표정을 지었다.

"아쉽네요. 하필이면 그때……."

"그러니까요. 화면에 담겼으면 좋았을 텐데."

"오늘이라도 찾아내야죠, 꼭!"

동시에 걱정스러운 표정을 내비쳤다.

"리셋이 된다는 문구는 아직 어떤 건지 확인할 수가 없는 거군요."

"그렇죠."

"아예 사라질 수도 있겠고……."

꽤나 조급해진 표정들이었다.

짜악.

김민호 PD가 손뼉을 쳤다. 이목이 집중되었다.

"상황이 심상치 않아 보이니까 서두르도록 하겠습니다. 먼저 촬영 팀."

"예."

"무혁 씨랑 성민우 씨 두 사람만 짧게 화면에 잡아요. 편집해서 사용할 거니까."

"아, 네!"

무혁과 성민우가 어두운 곳으로 향했다.

서로를 바라보는 모습, 이내 고개를 끄덕이는 것까지.

영상 촬영은 거기까지였다.

"자, 그럼 출발하겠습니다!"

이후 본격적으로 탐색에 나섰다. 오전부터 시작된 탐색은 점심을 지나 늦은 밤까지 이어졌다.

[총 4개의 보물이 발견되었습니다.]

[리셋까지 남은 시간은 28시간 29분 51초입니다.]

그사이 보물 하나가 또다시 추가되었다.

"자, 조금만 더 힘내죠!"

격려하며 갈림길에서 오른쪽 길을 택해 나아갔다.

무혁과 그의 동료들이 사라진 직후 로브를 깊게 눌러쓴 20명의 사내가 등장했다.

"어디로?"

"흐음."

고민하던 사내가 방향을 가리켰다.

"맛있는 냄새가 나. 아주 맛있는 냄새가."

그들 역시 오른쪽을 택했다.

언제부터인지 자꾸만 신경이 예민해졌다. 무언가 콕콕 날아들어와 살점을 찍어대는 기분인데 무엇인지 정확하게 판단을 내릴 수가 없었다.

찝찝한 기분을 이기지 못하고 수시로 뒤를 확인했지만 역시나 그곳에는 아무것도 없었다.

도대체 뭐지?

찝찝함도 의문도 풀리지 않았다.

그때 앞에서 변종 히드라가 나타났다.

"사냥 준비!"

유라가 크게 외쳤다. 정신을 차린 무혁이 전방을 주시했다. 나타난 변종 히드라를 잡기 위해 손을 보냈다.

물론 뒤에서 화살이나 날려대는 게 전부였지만 분명한 건 도움이 된다는 사실이었다.

[경험치가 상승합니다.]

유라가 검을 검집에 꽂았다.

"다들 고생하셨어요."

다시금 앞으로 나아가는데 이번에도 무혁은 계속 뒤를 확인했다.

이거, 참.

고개를 저으며 다시 앞을 바라봤다. 마침 유라가 다가오더니 고개를 갸웃거리며 말을 건넸다.

"무혁 씨?"

"네?"

"어디 불편하세요? 계속 뒤를 보시네요."

"그냥 기분이 영 꺼림칙해서요."

"기분이요?"

"네."

"으음, 어떤 부분이요?"

"말로 설명하기는 좀 어렵네요."

무혁의 말에 유라가 어깨를 으쓱거리며 미소를 지었다.

그래, 신경 끄자.

아무것도 없는데 자꾸 뒤를 확인하는 것도 할 짓이 못 되었다. 찝찝함이 맴돌았지만 애써 무시하며 전방에 집중했다.

곳곳을 세심하게 살피며 앞으로 나아가고 있는 소환수들이 보였다.

본래는 전력을 노출하고 싶지 않아서 적은 숫자로만 탐색할 예정이었다. 하지만 생각해 보면 또 굳이 그럴 필요가 있나 싶기도 했다. 이젠 감추기 위해 애쓰는 것도 괜한 짓이란 생각이 들었다.

그래, 신경 쓰지 않기로 했잖아, 남들의 시선을.

게다가 다른 유저들의 힘으로 찍어 누르는 행동에 맞서기로 결정을 내리지 않았던가. 그렇다면 오히려 보여줘야 하지 않을까.

그래서 드러냈다. 모든 소환수를.

처음엔 유라는 물론 관계자 전원이 놀랐었다. 지금은 익숙해진 모습이었지만 말이다.

"여기는 없는 것 같네요."

대략 15분을 살폈지만 아무것도 발견하지 못했다.

"그럼 다시 앞으로 가면서 찾아보도록 하죠."

"그러죠."

무혁이 소환수를 모두 돌려보냈다.

그렇게 5분 정도 앞으로 나아갔을 즈음.

우뚝.

무혁히 갑자기 걸음을 멈췄다. 이번에는 착각이 아니었다.

아, 이건.

그제야 지금까지의 감각이 무엇이었는지 정확하게 정의할 수 있었다. 살기, 이것은 바로 살기였다.

고개를 돌리자 로브를 눌러쓴 20명의 유저가 저 멀리서 다가오고 있었다. 그들을 보는 순간 단번에 감이 왔다.

플레이어 킬러. PK를 일삼는 유저들이었다.

"무혁 씨?"

뒤쪽에 있던 관계자들은 움직이지 않는 그를 불렀다. 두 번을 더 부르고서야 무혁의 시선이 관계자에게 향했다.

"다들 전투준비하세요."

성민우가 다급히 옆으로 왔다.

"뭔 일이야?"

"저놈들인 거 같아서."

그제야 다들 무혁의 시선을 좇아갔다.

다가오는 20명의 유저가 보였다.

"아, 로브……!"

그제야 긴장하는 프로그램 관계자들이었다. 비전투 관계자는 뒤로 물러났고 전투가 가능한 이들은 앞으로 밀집했다.

그사이 로브를 쓴 유저가 더욱 가까워졌는데 이 정도면 마법이나 화살은 충분히 닿을 거리였다. 그런데도 저들은 공격을 시도하지 않고 있었다. 상황이 이렇게 되니 먼저 공격하기도 난감해졌다.

혹시나 저들이 플레이어 킬러가 아니라면?

그런 생각이 머릿속을 어지럽힌 것이다.

그 순간 무혁이 검을 활로 변형하더니 시위에 화살을 걸었다. 그 모습을 본 몇 명이 놀라 눈을 크게 떴다.

"무, 무혁 씨!"

"아니, 잠시만……!"

그들이 만류하기 전 이미 시위를 놓는 무혁이었다.

파앙!

화살이 쏜살같이 쏘아졌다.

다가오던 유저가 단검을 꺼내 들었다. 날렵하게 휘두르며 화살을 옆으로 쳐내는 모습에 무혁은 웃었다.

콰앙!

풍폭이 터진 것이다.

[1,987의 추가 대미지를 입힙니다.]

충격에 뒤로 밀려난 사내의 입꼬리가 씰룩거렸다. 누가 보더라도 분노를 느낄 법한 일그러진 모양새였다.

"맛있는 냄새가 저기서 풍겨오는구나."

사내가 말을 하며 손을 까딱이자 뒤쪽에 있던 19명이 반응했다.

파밧.

지면을 차며 달려들기 시작한 것이다.

"스켈레톤 기마병 소환."

하지만 무혁이 조금 더 빨랐다.

어느새 나타난 기마병들이 길을 막아버린 것이다.

코뿔소와 비견해도 뒤지지 않을 정도로 거대한 말이 공간을 가득 채웠고 그 위에 탑승한 기마병은 긴 랜스를 뻗으며 상대를 견제했다. 그러나 적대 유저들은 조금의 머뭇거림도 없이 달려들어 기마병들과 맞붙었다.

캉, 카가강!

아머기마병1이 랜스를 휘둘렀지만 로브의 유저는 생각보다 쉽게 피해냈다. 그렇게 조금씩 거리를 좁히더니 아머기마병이 아니라 말을 집중적으로 노리기 시작했다.

공간이 좁은 탓에 제대로 말을 조종할 수 없었기에 결국 말의 다리 하나가 박살 나버렸다.

퍼석.

아머기마병1이 바닥으로 내려와 유저와 뒤엉켰다. 아무래도 기마병의 특성상 말 위에서보다 파괴력이 떨어졌다.

아머기마병1, 뒤로. 가속 찌르기.

하지만 아주 찰나의 틈을 노리며 스킬을 사용했고.

"흐읍!"

엄청난 속도의 찌르기에 로브의 유저가 충격을 받으며 뒤로 물러났다.

파앙!

그 순간 쏘아진 무혁의 화살 다섯 대가 그를 집중적으로 노렸다. 네 대의 화살은 멀티샷이었고 한 대의 화살은 강력한 활쏘기였다. 화살에는 모두에 풍폭이 걸린 상태였기에 한 대라도 박힌다면 HP의 상당 부분을 줄일 수 있으리라.

스팟.

그런데 놈은 막는 것이 아니라 피하는 것을 택했다.

아마도 처음 그 공격 때문이리라.

무혁의 미간이 찌푸려지는 순간 이미 로브의 유저는 몸을 움직이고 있었다. 그 타이밍이 아주 절묘했다. 날아드는 화살들의 미묘한 틈을 파고들며 피해내고 있었다.

회심의 일격이라 자부했던 무혁의 공격이 허무하게 날아가 버렸다.

그 직후 다시금 아머기마병을 일방적으로 밀어붙였는데 실력 하나는 정말 대단했다.

['아머기마병1'이 역소환 당합니다.]

['기마병1'이 역소환 당합니다.]

['기마병3'이 역소환 당합니다.]

빠르게 기마병이 줄어들고 있었다.

흐음.

무혁이 미간을 찌푸리는 그때.

"하아압!"

성민우가 전투에 난입했다.

"파이어, 불꽃 휘두르기!"

크게 외치면서 전장으로 뛰어들더니 한 명의 유저와 격돌했다. 그제야 정신을 차린 나머지 관계자들도 전투에 한 손을 보태기 시작했다.

"젠장, 진짜 PK범이었어?"

"보면 몰라요?"

"자, 일단 정리부터 하자고!"

그들의 모습에 무혁이 다시 전투에 집중했다.

소환부터 할까.

"스켈레톤 전사 소환."

로브 유저의 뒤쪽에서 새하얀 수증기가 피어올랐다.

화아아아.

흠칫한 유저들이 거리를 뒀다. 그곳에서 한쪽 무릎을 꿇고 있는 아머나이트 여러 마리와 턱을 부딪치고 있는 다수의 검뼈가 나타났다.

아머나이트가 무릎을 펼치며 몸을 일으키자 그 장대한 몸집이 만천하에 드러났다.

전체가 36마리, 아머나이트만 23마리에 부르탄이 1마리였으니 그 얼마나 위압직일까.

그제야 로브의 유저들도 잠시 멈칫하는 기색이었다.

소환은 여기까지만.

아처와 메이지는 숨기기로 했다. 혹시라도 저들이 다른 동료를 끌고 올 수도 있는 일이다. 그때를 대비해서 저들이 무혁의 전력을 제대로 파악하지 못하게 해야 한다.

지금 상태로도 충분하니까.

무혁 혼자만이 아니라 성민우와 유라, 그 외에도 전투가 가능한 유저가 상당히 있었기에 가능한 일이기도 했다.

아머기마병2, 앞으로 돌진, 가속 찌르기.

마음을 정하고 지휘를 이어 나갔다. 그러면서도 틈틈이 화살을 날려 로브를 눌러쓴 유저들을 견제했다.

그들은 무혁의 화살만큼은 무조건 피하려고 애쓰고 있었다.

그렇다면 괜히 풍폭을 낭비할 필요가 없으리라.

강력한 활쏘기. 멀티샷.

그때까지도 후방의 스켈레톤은 움직임이 없었다. 그저 길을 막고만 있었다.

그 탓일까.

순식간에 기마병들이 죽어버렸다. 어쩔 수 없이 후방을 지키기 위해 소환한 아머나이트 10마리와 검뼈 11마리를 전장에 투입했다.

나머지는 여전히 적대 유저들이 도망칠 수 없도록 길을 막는 역할을 했다.

그러자 뒤에 위치한 스켈레톤들의 역할을 깨달았는지 간간이 힐끔거리긴 해도 크게 신경을 쓰는 모습은 아니었다.

부르탄은 그 순간 움직였다.

조금씩, 아주 조금씩.

그리고 다시금 긴 기다림의 시간이 이어졌다.

동료에게는 피해가 없어야 했고 적대 유저는 단번에 휩쓸어야만 했다.

1분, 2분, 그리고 3분.

많은 아머나이트와 검뼈가 상당히 많이 줄어들었지만, 무혁은 여전히 침착했다.

조금만 더.

이윽고 무혁의 눈이 차갑게 가라앉았고.

덜컥.

부르탄의 턱이 움직였다.

키아아아아악!

쏟아진 기파가 적대 유저들을 단번에 덮쳐 버린 것이다.

피할 수 없는 거대한 파도였다. 휩쓸린 로브의 유저들은 당황한 표정을 감추지 못한 채 비틀거렸다. 그제야 무혁이 활을 검으로 변형한 후 윈드 스텝을 사용해 거리를 좁혔다.

이들의 리더로 보이는 유저에게 다가간 그가 무심히 검을 휘두른다.

풍폭, 십자 베기. 하지만 죽지 않아서 다시 검을 그었다.

푸욱, 푹.

그렇게 한 명을 죽이자 바닥으로 갑옷 하나가 떨어졌다.

그것을 주워든 후 인벤토리에 넣고 다른 유저를 쳐다봤다.

더 시간을 지체할 이유는 없었다.

아머나이트 전원 돌격.

그들을 휘감은 후, 전원 강한 일격.

스킬을 퍼부어줬다.

쾅, 콰과과광!

남은 로브의 유저들이 모두 죽었고 떨어진 아이템 19개가 빛을 반짝이고 있었다. 다들 부러움 섞인 시선을 보냈지만 무혁은 개의치 않고 19개의 아이템을 모두 회수했다.

계약 조항에도 나와 있었다. 던전에서 획득한 모든 아이템에 대한 권한은 무혁과 성민우에게 있다는 내용이었다.

한편.

로그아웃을 당한 PK유저. 그러니까 로브를 깊게 눌러썼던 유저들의 리더인 아스라한이 휴대폰을 꺼내어 어딘가로 전화를 걸었다.

-웬일이냐.

"아주 맛있는 놈을 찾았다."

-맛있는 놈? 그 말투부터 고쳐, 병신아.

"내 말투가 문제가 있나?"

-일루전 하고부터 맛이 좀 갔다니까. 그래서 길드원들도 피하는 거 아냐?

"19명은 날 따른다."

-미친놈. 그래서 강해?

"랭커다."

-랭커야 흔해 빠진 게 랭커고.

"최상위 랭커."

-호오, 그래? 직업은?

"네크로맨서."

-야, 야. 치워라. 재미도 없겠구만. 네크로맨서야 뻔하잖아. 시체 썩은 냄새 진짜 딱 질색이야. 아니, 그것보다 네크로맨서면 너랑 그 이상한 놈들만으로도 충분히 사냥할 수 있잖아. 소환수는 무시하라고. 설마 모르진 않겠지?

"당연히 안다."

-그럼 뭐가 문젠데?

"너도 알 거야."

-뭘 알아?

"소환수는 스탯에 영향을 받는다."

-근데?

"랭킹 51위, 무혁. 최초로 그걸 적용한 자."

-음……?

"어때?"

-지금 네가 노리는 게 무혁이라고?

전화기 너머 목소리가 진지해졌다.

"아주 맛있겠지?"

-대답부터 해. 길드 하나 폭파시킨 그 유저가 맞는 거야? 스

켈레톤만 소환해서 싸우는 그 네크로맨서?

"그래, 맞아."

-키야, 죽이는데? 어디냐?

"보물 던전."

-애들 끌고 바로 간다. 대기 타라.

"난 이미 죽었다."

-병신. 그럼 내가 먼저 친다.

"그건 아니지. 정보를 제공했으니 같이 간다. 기다려라."

-하아, 빌어먹을. 알았어.

"끊는다."

전화를 종료한 아스라한이 웃었다.

"흐, 흐흐."

매우 음흉하게.

저녁 11시가 되어서야 탐색을 마쳤다.

"결국 보물은 못 찾았네요."

"그러게요."

김민호 PD가 무혁에게 다가왔다.

"혹시 남아서 또 보물을 찾으실 건가요?"

"음, 글쎄요."

"찾으실 거면 녹화를 부탁해도 될까요?"

"그럼요."

"감사합니다."

"별말씀을."

미소를 짓는 김민호 PD였다.

"자, 그럼 아쉽지만 오늘은 여기까지만 하죠. 다들 고생하셨습니다."

"고생하셨습니다!"

인사와 함께 일루전 프로그램 관계자들이 하나둘씩 로그아웃을 했다. 마지막으로 유라까지 일루전을 나갔다.

무혁과 성민우는 잠깐의 휴식을 취한 후 소환수를 소환하여 사방으로 흩뿌렸다.

"오늘도 찾을 수 있으려나."

"기대는 하지 말고."

"그래야지. 유저가 엄청나게 많을 텐데……."

그 말과 함께 메시지가 떠올랐다.

[총 5개의 보물이 발견되었습니다.]
[리셋까지 남은 시간은 13시간 12분 33초입니다.]

다섯 번째 보물이 발견된 것이다.

"아, 젠장."

무혁은 그저 웃었다.

아직 5개나 남았어.

문제는 촉박한 시간이었다.

"허어, 언제 시간이 이렇게 흐른 거냐?"

겨우 13시간밖에 남지 않은 것이다.

"내일 점심시간이면 끝나겠네."

"아, 그러네."

"오늘은 조금만 더 빡쎄게 돌아보자고."

"오케이!"

마음을 다잡고 소환수들의 시야에 집중했다.

시간은 흘렀지만.

"아아."

탄식만이 흘러나올 뿐이었다.

다음 날.

무혁은 오전 11시 30분 즈음에 던전에서 나갈 것을 요구했다.

"지금요?"

"네."

"이유가 있으신가요?"

"조금 있으면 리셋이 되잖아요."

"그렇죠."

"그럼 던전에서 나가지지 않을까요?"

"으음."

"차라리 지금 나가서 다시 줄을 서는 게 더 나을 것 같아서요."

"확실히 일리는 있는데……"

어차피 계약의 갑은 무혁이었다.

"저도 나가는 게 좋을 것 같아요."

"두 분이 그렇게 말씀하신다면야……"

성민우까지 말을 보태니 김민호 PD도 둘의 의견을 따를 수밖에 없었다.

"알겠습니다. 나가도록 하죠."

결국 던전에서 나온 그들이었다.

뒤로 이동해 줄을 섰다. 유저가 그렇게 많지는 않았다.

대략 30분이 흘렀을 즈음.

후우우웅.

던전에서 빛이 뿜어지더니 그 앞으로 수만 명이 넘는 유저가 나타났다.

"뭐, 뭐야?"

"아, 놔. 리셋되면서 튕겼잖아!"

유저가 너무 많아서 혼란이 초래되었다.

"우린 지금 막 들어갔었다고!"

"진짜 노답이네."

운이 나쁜 유저들도 더러 있었다. 그래도 어쩌겠는가, 결국 모두 뒤로 이동해 줄을 서야만 했다.

그제야 김민호 PD의 표정이 펴졌다.

"이거, 참."

무혁을 바라보는 시선이 한층 더 깊어졌다.

"진짜 대단하시네요."

"운이 좋았죠."

덕분에 리셋이 된 던전에 거의 곧바로 입장할 수 있었다.

"자, 그럼 새로운 마음으로 다시 시작해 볼까요."

"좋죠!"

일단은 출발 지점부터 살펴보기로 했다.

"설마 여기에 있으려고요."

"혹시 모르니까요."

아마도 없을 가능성이 99.9퍼센트일 것이다. 그래도 그냥 지나치면 찝찝할 것 같아서 수색을 감행하는 무혁이었다.

대략 5분 정도 수색이 진행되니 무혁을 제외한 나머지 대부분이 조금은 귀찮아하는 기색을 보였다. 그래도 무혁은 꼼꼼하게 곳곳을 살폈다. 조심스럽게 벽을 만지고 있던 무혁이 순간 움찔거렸다.

어……?

뭔가 말캉한 느낌이었다.

꾸욱.

다시 한번 손으로 눌러보니 확실히 주변의 벽과는 달랐다. 무혁의 표정이 기대감으로 물들었다. 주먹을 쥐어 물렁한 벽을 강하게 쳤다. 하지만 아무리 쳐도 부서지지가 않았다.

"왜 그러세요?"

"아, 이 벽이 조금 이상해서요."

사람들이 모여들었다.

설마……

그들의 표정은 모두 동일했다.

설마, 아니겠지.

그러면서 무혁을 가만히 지켜봤다.

무혁은 그들의 시선을 무시한 채 다시 벽을 집중해서 살폈다. 여러 가지 방법을 시도하다가 이번에는 검을 뽑아 벽을 찔러봤다. 쑤욱 하고 들어가는 검을 바라보며 비틀었다. 검면에 벽이 조금 딸려 들어가는 기분이었다. 그대로 뽑아보니 벽면의 일부가 함께 당겨졌다.

아, 당기는 거였나?

서둘러 밀려 나온 벽면의 일부를 손으로 잡아당겼다. 그제야 벽면이 뜯겨 나오면서 뒤쪽 공간이 드러났다.

그곳에 작은 상자가 놓여 있었다.

찾았다……!

계속해서 무혁을 찍고 있던 김민호 PD가 주먹을 쥐었다. 촬영 중이었기에 환호성을 내는 실수는 하지 않았다.

[총 1개의 보물이 발견되었습니다.]

[리셋까지 남은 시간은 47시간 59분 59초입니다.]

메시지는 눈에 들어오지 않았다.

상자에 그려진 문양이 재료를 의미하고 있었으니까.

무혁은 무언가에 홀린 듯 상자의 뚜껑을 열었고 그곳에서 아이템을 들어 올렸다.

김민호 PD가 서둘러 거리를 좁혔다. 들어 올린 아이템을 화면에 담고 있는데 옆에 있던 성민우가 다가오더니 호들갑을 떨었다. 정확하게 알 순 없지만, 좋은 것인 모양이었다.

"와, 이게 나왔어?"

"그러게."

무혁의 입가로 미소가 번졌다. 두개골이 나온 덕분이었다.

그것도 일반이 아닌 특수 두개골이.

[변종 히드라의 두개골(특수)]

해당 몬스터의 특징을 고스란히 반영하는 두개골로 오직 조폭 네크로맨서만이 사용할 수 있다.

흥분한 무혁의 눈길이 검뼈에게로 옮겨진다.

지금……!

그러다 녹화 중임을 깨달았다.

"아."

탄성과 함께 고개를 흔들며 두개골을 인벤토리에 넣었다.

김민호 PD가 다가왔다.

"어떤 아이템인지 알 수 있을까요?"

"두개골이더군요."

"두개골이라……?"

"네, 저한테는 꽤 유용한 거라서요."

"옵션을 볼 수 있을까요?"

무혁이 고개를 저었다.

이건 보여줄 수 없는 종류의 것이었다. 아직은 말이다.

그날 저녁.

아스라한과 그를 따르는 19명이 다시 접속했다.

보물 던전의 앞에서 그곳에서 누군가를 기다렸다.

귀찮은 기색이 피어오를 즈음 저 멀리서 대략 30명 정도의 무리가 다가왔는데 그를 발견한 아스라한이 특유의 무심한 표정으로 다가갔다.

"늦었는데?"

"뭘 늦어. 딱 맞춰 왔는데."

"흐음."

"비켜, 병신아."

"뭐, 내가 부탁했으니 참도록 하지."

"하, 말투 꼬라지. 진짜."

한곳에 모인 그들의 숫자는 총 50. 하나같이 실력자다.

누가 보더라도 무시할 수 없는 수준의 규모였다.

"됐고, 들어가자."

"그러지."

줄을 무시한 채 다가간다.

선두에 있던 유저들이 갑작스러운 난입을 바라보며 표정을 구겼다.

"뭡니까? 줄 서야죠?"

"줄? 무슨 줄?"

"뒤에 안 보여요?"

"안 보여, 병신아."

아스라한이 부른 유저, 루돌프의 서슬 퍼런 말에 말을 건넨 유저가 순간 움찔거렸다. 이내 뒤쪽에 있는 동료와 기타 유저를 떠올리며 한소리 내뱉었다.

"이 미친놈이!"

"왜, 뚫어?"

"뭐?"

"맘에 안 들면 덤비든가."

그때 뒤쪽에 있던 유저들이 웅성거렸다.

"거, 말이 심하네."

"줄은 서야지."

그사이 선두에 있던 유저들이 입구를 막았다.

그 말에 루돌프가 비웃으며 말했다.

"한 판 하자고?"

"웃긴 유저네. 너네 겨우 50명이야. 여기 줄 서 있는 모두랑 붙겠다는 거야, 뭐야?"

"말이 많네. 그냥 죽어."

루돌프가 활을 꺼내더니 시위를 당겼다.

화살도 없는데 무엇을 하려고?

의문은 순식간에 해결되었다.

파앙!

보이지 않는 무언가가 날아가 한 명의 미간을 꿰뚫은 것이다. 파괴력이 얼마나 높았던 것일까. 한 방에 로그아웃을 당해 버렸다.

한 방에 즉사하는 유저의 모습에 길을 막은 유저들이 움찔 거렸다. 하지만 그것도 잠시, 동료의 죽음을 깨닫고 분노를 터 뜨렸다.

"이 미친 새끼가!"

제대로 된 격돌이 이어졌다.

쾅, 콰아앙!

치열함이 극에 달했으나, 처절함 역시 그에 못지않았다.

"병신들."

순식간에 결말이 나버린 것이다. 수백, 수천의 유저가 겨우 50명 유저에게 굴복했다.

너무나 압도적인 광경에 몸이 굳어버린 것이다.

"또 나설 놈들?"

"……."

좌중은 침묵했다.

50명은 남은 유저들을 비웃으며 던전 내부로 진입했고 그제 야 줄을 서던 다수의 유저들이 헛기침을 하며 조금 전의 일을 모르는 척 웃어넘겼다.

강자가 모든 것을 독식하는 세계, 일루전이란 본래 그런 공 간이었으니까.

입장한 유저들이 던전을 휘저었다.

"하, 넓기도 하네."

"던전이니까."

"젠장, 피곤하다고!"

"그래도 재밌을 거다. 넌 전투광이잖나."

"그래서 온 거야. 아니었으면 내가 왔겠냐?"

아스라한과 루돌프, 두 사람은 서로를 구박하고 욕하고 티 격태격하면서도 일상적인 대화를 나누는 절친한 사이였다. 중, 고등학교도 같이 나왔고 대학은 다르지만 일주일에 한 번 이상은 만나곤 했으니까.

초반에는 일루전도 파티를 맺고 같이 성장했었다. 다만 조 금씩 아스라한의 말투가 이상해지면서 거리를 두고 있을 뿐.

"야, 몬스터다."

루돌프가 말하면서 어느새 한 대의 화살을 날렸다.

파앙!

보이지 않은 투명한 화살이라 변종 히드라는 전혀 반응하지 못했다. 무언가가 살점을 파고든 후에야 고통에 절규할 뿐이었다.

"방어력이 꽤 높네?"

"얼마나 뜬 건가?"

"2,700 정도."

"나쁘지 않군."

"미친놈. 말투 진짜 재수 없네."

아스라한이 지면을 차며 나아갔다. 단검을 뽑아 든 그의 움직임은 정말 신출귀몰한 수준이었다.

그런 유저가 50명.

변종 히드라는 순식간에 녹아버렸다.

"자, 자. 서두르자고."

이동, 그리고 또 이동. 목표물을 만날 때까지 그들은 쉼 없이 움직였다.

밤이 늦어 프로그램 관계자들은 로그아웃을 했다.

무혁은 그제야 인벤토리에서 두개골을 꺼내 턱을 부딪치고 있는 검뼈1에게 다가갔다. 손을 뻗어 검뼈1의 두개골을 뽑아버린 후 그 자리에 변종 히드라의 두개골을 꽂았다.

키, 키릭?

기이한 소리와 함께 진화가 시작되었다.

[‘검뼈1’의 ‘두개골’이 바뀝니다.]

[진화를 시작합니다.]

[‘아머나이트’로의 조건이 충족되어 진화를 한 단계 뛰어넘습니다.]

[‘특수 두개골’의 특성이 반영됩니다.]

[진화율 1%…….]

진화율이 생각보다 빨리 차오르기 시작했다.

[‘검뼈1’이 ‘아머나이트’로의 변화를 마칩니다.]

[‘창’에 특화된 특성을 지니고 있습니다.]

[창을 사용할 경우 대미지(5%)가 상승합니다.]

[스킬 ‘스컬 스네이크’를 습득합니다.]

[스킬 ‘스컬 스네이크 강화’를 습득합니다.]

[1레벨당 HP의 상승분이 15로 증가합니다.]

[HP(500), MP(300)가 증가합니다.]

[힘(35), 민첩(20), 체력(30)이 증가합니다.]

[물리 공격력(60)이 상승합니다.]

[물리 방어력(35), 마법 방어력(35)이 상승합니다.]
[공격 속도(10퍼센트), 이동속도(10퍼센트), 반응속도(5퍼센트)가 상승합니다.]

생김새가 왠지 변종 히드라를 닮았다.

그래, 이름은 스컬 히드라. 스컬 히드라?

몇 번 말해보니 생각보다 이름이 길어서 번거로웠다.

그냥 히드라로 하자. 몬스터와 이름이 겹치긴 하지만 크게 상관은 없을 테니까.

['아머나이트'의 닉네임이 '히드라'로 변경됩니다.]

곧바로 2개의 스킬을 확인했다.

[스컬 스네이크]

무수한 스컬 스네이크를 소환하여 적들에게 지속적인 대미지를 입힌다.

[스컬 스네이크 강화]

소환된 스컬 스네이크를 강화하며 대미지를 높인다.

정말로 변종 히드라의 특징이 고스란히 반영된 스킬들이었다. 시험삼아 스킬을 사용해 봤다.

히드라, 스컬 스네이크 소환.

히드라의 전신을 이루고 있던 뼛조각이 앞으로 쏘아지더니 마치 뱀처럼 꿈틀거리며 기어가기 시작했다.

"아, 저거 뭐냐?"

성민우가 미간을 찌푸렸다.

"글세……."

무혁도 꿈틀거리는 스컬 스네이크의 움직임이 썩 마음에 들진 않았다. 그래도 앞으로 활용해야 하니까.

곧바로 스컬 스네이크 강화 스킬을 사용했다. 그러자 히드라가 손에 들린 무기를 하늘로 들어 올렸고 뿜어진 빛이 스컬 스네이크를 휘감았다. 그 빛은 스컬 스네이크의 뼈를 굵고 길게 만들어줬고 움직임을 한층 더 징그럽게 했다.

"조금 그렇다……."

"으음."

마지막으로 한 가지, 시야 확보.

그 순간 떠오른 무수한 시야에 주먹이 쥐어졌다.

된다……!

히드라가 소환한 스컬 스네이크 역시 시야 확보가 적용되었던 것이다. 수가 엄청나서 일일이 확인하는 게 어려울 지경이었다. 하지만 분명한 것은 집중만 한다면 그 효율은 지금까지와는 차원을 달리할 것이란 점이었다.

"대박이야."

"왜?"

"시야 확보 스킬, 적용돼."

"허얼!"

그때부터 무혁은 자리에 앉아 오직 스컬 스네이크의 지휘에만 집중했다. 상당한 정신력이 소모되었지만 그래도 효과는 만점이었다. 순식간에 사방으로 퍼진 스컬 스네이크는 일반 스켈레톤과는 달리 아주 작은 틈도 놓치지 않고 꼼꼼하게 살펴볼 수 있었기 때문이다.

"후아, 일단 가능한 곳까지는 파악 끝."

"엄청 빠른데?"

"어, 더 나아가서 또 살펴야지."

무혁의 걸음이 바빠졌다.

"몬스터야, 조심."

"오케이!"

몬스터를 잡으며 나아가고 또 나아갔다. 대략 10번의 갈림길을 지났을 때 다시 자리를 잡고 스컬 스네이크를 사방으로 보냈다. 성민우 역시 질세라 정령 12마리를 소환하여 참색을 시작했다.

그러다 의심스러운 장소가 발견되어 서둘러 이동했지만 안타깝게도 보물을 발견할 수는 없었다.

[총 2개의 보물이 발견되었습니다.]
[리셋까지 남은 시간은 33시간 11분 28초입니다.]

대신 다른 유저가 발견한 모양이었다.

이런!

혀를 차며 다시 스컬 스네이크의 시야에 집중했다.

루돌프의 투덜거림이 극에 달했다.

"아, 젠장. 벌써 새벽이야. 하아."

"……."

"지금까지 죽인 유저만 수백이다, 수백."

"……."

"그냥 내일 찾자."

참지 못한 아스라한이 한마디를 툭 내뱉었다.

"너, 말이 많다."

"뭐가 말이 많아!"

"소란스럽다."

"소란은 무슨. 일단 네 말투나 고쳐."

"싫다."

"미친놈."

그들 뒤쪽의 유저들, 아스란을 따르는 19명과 루돌프를 따르는 29명의 유저들 역시 둘의 말싸움이 길어질수록 서로를 노려보는 횟수가 늘어났다.

은연중에 기세 싸움을 한다고 해야 할까. 한발도 물러서지 않으려는 의지가 느껴졌다.

아스라한과 루돌프는 신경도 쓰지 않았지만 말이다.

그때 귀찮은 표정으로 앞서 걷던 아스라한이 갑자기 우뚝 하고 멈췄다.

"뭐야, 또 왜!"

"흐음."

고개를 갸웃거리던 아스라한이 점프했다.

푸욱.

주먹이 천장을 뚫고 들어갔다.

무언가가 잡혔다.

꽈악.

강하게 쥐고서 아래로 내려온 아스라한이 손에 들린 물건을 쳐다봤다.

[총 2개의 보물이 발견되었습니다.]
[리셋까지 남은 시간은 33시간 11분 28초입니다.]

메시지가 떠올랐다.

보물……?

정말 우연히 보물 하나를 발견한 그였다.

"뭐야, 그 달라붙을 것 같은 민소매는? 지금 뜬 저 메시지는 또 뭐고?"

"아이템."

"아이템?"

"그렇다. 나만의 티셔츠다."

"미친놈……."

아스라한이 민소매를 들어 올렸다.

[촉촉하게 들러붙는 민소매 티셔츠]

전설의 가디언이라 불렸던 한 사내는 자신의 몸이 큰 것을 언제나 자랑으로 여겼다. 그래서 온갖 좋은 재료로 스스로 몸에 딱 달라붙는 여러 가지 티셔츠를 만들어냈다. 대부분이 성능에서는 실패작이었지만 그래도 예외는 있는 법이던가. 단 하나의 성공작을 만들어냈으니 그것을 민소매라 명명하리라.

방어력 15

마법 방어력 20

체력 +5

충격 흡수 +8%

내구도 400/400

사용 제한 : 힘 40, 민첩 40, 체력 70

충격 흡수 옵션은 정말 최고였다.

방패까지 사용하면, 80퍼센트에 가까운 충격을 흡수할 수 있게 되는 것이다. 뛰어난 티셔츠로다.

아스라한의 입가가 씰룩거렸다.

"옵션 좋냐?"

"괜찮군."

"한번 보자."

아스라한이 뒤로 물러났다. 보여주지 않은 채 곧바로 갑옷을 벗고 착용했다.

"야, 한번 보자고!"

"싫다."

서둘러 갑옷을 착용하는 아스라한의 모습에 루돌프가 자기도 모르게 욕을 입에 담았다.

"이 개새……"

물론 아스라한은 그의 말을 무시했다.

상태창의 높아진 수치들을 바라보며 만족할 뿐이었다.

같은 시각.

무혁은 아머나이트3이 사용하고 있는 검을 확인했다.

피를 머금은 드레이크의 장검.

아직까지는 특수 옵션에 붙은 피해 흡수 스킬을 사용할 일이 없었다. 그래도 대미지가 매우 뛰어나서 아머나이트3이 유난히 눈에 띄기는 했다.

무기의 중요성을 새삼스레 깨닫게 되는 장면이랄까.

한 번 써볼까.

문득 피해 흡수 스킬을 사용해 보고 싶다는 욕구가 올라왔다.

아니, 아니지.

만약을 대비해야만 한다. 그건 오늘도 다르지 않았다.

[경험치가 상승합니다.]

피해 흡수 스킬을 아꼈다.

"사체 분해."

사냥을 마친 후 변종 히드라의 사체를 분해했다. 얻은 뼈를 스켈레톤과 교체한 후 소환수로 살펴보기 어려웠던 공간만을 훑어봤다.

"여긴 없네요. 다음으로 가죠."

"바로 이동하겠습니다!"

소환수로 곳곳을 살펴본 상태였기에 가능한 속도였다.

그 덕분일까. 확실히 처음보다 훨씬 더 빠른 속도로 탐색을 이어 나가는 무혁이었다.

지금까지 던전은 총 네 번 리셋이 되었다. 즉, 지금 막 생겨난 던전이 다섯 번째라는 소리였다.

"지금 아이템 몇 개야?"

"11개."

"무구가 7개였나?"

"어, 나머지는 재료야. 두개골은 변종 히드라가 전부였고."

나머지 3개의 재료는 특이하면서도 뛰어난 수준의 것이었지만 무혁이 사용할 만한 것은 아니었다.

확실히 많은 것을 얻었지만 그래도 아쉬움을 감출 순 없었다. 사람의 욕심이란 원래 끝이 없는 법이니까.

그때 함께 줄을 서고 있던 유라가 얼굴을 살짝 내밀었다.

"아쉬운가 봐요."

"그렇죠. 그래도 다른 유저랑 비교하면 엄청난 수확인 건 확실하니까요."

"맞아요. 정말 대단해요."

"소환수의 힘이랄까요."

무혁이 웃었다.

"참, 그런데 던전은 몇 번이나 더 있을까요?"

무혁은 바로 대답하고 싶었다. 일곱 번이 끝이기에 앞으로 남은 던전의 리셋 횟수는 두 번.

하지만 언급할 순 없는 일이었다.

"글쎄요."

"여전히 꽤 남았다면 생각보다 더 촬영이 길어질 수도 있겠어요."

유라의 표정이 조금 굳어졌다. 걱정되는 모양이었다.

"조금 힘들긴 하죠."

"네, 사람들도 지쳤구요."

이미 촬영에 참여한 대부분이 피폐해진 상태였다.

반대로 김민호 PD는 시간이 지날수록 미소가 더 진해졌다. 게다가 활력도 오히려 더 넘치는 것만 같았다. 그는 처음보다 한결 밝아진 목소리로 사람들을 불러 모았다.

"자, 이제 곧 다섯 번째 던전에 들어가게 될 텐데요. 그전에 한 가지 소식을 전하고자 합니다."

모두들 그를 쳐다봤다.

"오늘 저녁에 보물 던전이 드디어 방송으로 나갑니다."

"오오!"

"꼭 봐야겠는데요?

"이건 봐야지."

"그럼 오늘 저녁은 쉬는 건가요?"

사람들의 환호에 김민호 PD가 무혁을 쳐다봤다.

"그건 무혁 씨의 결정에 따르도록 하죠."

다들 초롱초롱한 시선을 보냈다.

저 시선을 어찌 넘기랴, 웃으며 고개를 끄덕여 줄 수밖에.

"오늘은 오후 5시까지만 찾고 쉬죠. 저도 좀 피곤하고요."

"와, 최고예요!"

"역시 무혁 씨가 뭘 좀 안다니까."

그사이 줄이 빠르게 줄어 어느새 입장할 차례가 왔다.

"그럼 들어갈……."

안으로 입장하려는 순간 한 명의 유저가 갑자기 무혁의 앞을 가로막았다.

"찾았다."

로브를 깊게 눌러 쓴 붉은 눈동자.

PK범, 아스라한이었다.

"내가 말했지 않았나. 분명 여기서 기다리면 될 거라고."

"병신. 그럼 처음부터 기다리든가."

"……."

"됐고. 이 사람이야?"

"그렇다."

루돌프가 고개를 삐딱하게 했다.

"그쪽이 그 네크로맨서 무혁이야?"

"흐음."

"최상위 랭커로는 안 보이는데. 뭐, 그건 됐고. 아무튼 내 친구를 상대로 이겼다면서? 그래서 내가 길드원 좀 데리고 왔는데. 어때? 한번 붙어봐야지?"

무혁의 입가가 씰룩거렸다.

나이도 어려 보이는데, 말투부터가 이미 글렀다.

괜히 짜증이 치솟았다.

"왜 말이 없어? 겁이라도 먹은 건 아니지?"

여기서 굳이 참을 필요가 있나?

아무리 생각해도 아니었다.

그래, 원한다면.

천천히 입을 열었다.

"소환."

전사, 궁수, 메이지를 모두 소환한 것이다.

후우웅.

희미한 연기와 함께 나타난 무수한 스켈레톤들의 위용에 루돌프가 눈을 빛냈다.

"이야, 죽이는데?"

그 순간 뿜어진 기파가 루돌프를 휘감았다.

"어……?"

비틀거리는 루돌프에게 나아갔다.

파밧.

휘둘러진 검이 그의 가슴을 난자했다.

풍폭, 십자 베기.

궁수의 직업을 지니고 있던 루돌프였기에 HP나 방어력은 그리 높지 않았다.

본래라면 뒤쪽에서 상황을 살피며 화살만 날려댔을 그였지만 이번에는 기대감에 앞으로 나서고 말았다.

그 한 번의 실수가 그를 기파에 노출되도록 만들었다.

"자, 잠깐……"

균형을 잃은 이상 방법은 없다.

아스라한과 나머지 48명의 유저는 무엇을 하고 있냐고?

메이지의 마법과.

콰과과광!

아머아처, 그리고 활뼈의 뼈 화살. 기마병의 돌진, 아머나이트와 검뼈의 몸을 사리지 않는 진격에 발 묶인 상태였다.

"흐, 흐흐. 아주 매력적이야."

그 와중에도 아스라한은 웃었다.

뒤이어 이해할 수 없는 말을 내뱉었다.

"루돌프, 이제 장난은 그만하지."

무슨 소리일까.

무혁의 검에 공격을 받고 있던 루돌프가 갑자기 피식 하고 웃었다.

"아, 너무 길었나?"

"……!"

무혁의 눈도 커졌다.

뭐야?

눈앞에 있던 루돌프가 갑자기 퍼엉! 하더니 사라졌다.

곧이어 저 멀리 적대 유저의 가장 후미에서 손을 들며 얼굴을 빼꼼 내밀었다.

"미안, 미안! 방금 그거 사실 내 분신이었어!"

동시에 시위를 당기더니 무혁을 겨냥했다.

"아무튼, 좀 놀랐어, 기술이 신기하더라? 이건 내 답례!"

이윽고 시위를 놓아버렸다.

파앙!

보이지 않는 화살이 빠르게 날아들었다.

다급히 방패를 꺼내어 몸을 가렸다.

카각!

상당한 충격이 손목을 타고 올라왔다.

그때 누군가가 외쳤다.

"입구에서 왜 싸움질이야!"

놀란 동료가 다급히 만류했다.

"야, 너 그러다 죽어."

"뭔 소리야?"

"저기 유저들 PK범이잖아. 근데 너무 세서 그냥 발린다고, 우리가."

"무슨 말도 안 되는 헛소리를……!"

그 순간 보이지 않는 화살이 크게 외친 사내에게 쏘아졌다. 푸욱! 소리와 함께 사내의 표정이 어둠으로 물들었다. 겨우 화살 한 대에 HP가 절반 이상이나 줄어든 까닭이었다.

"어, 어……!"

이어진 화살을 피하지 못한 채 그대로 죽어버리고 말았다.

그에 좌중이 침묵했다.

"죽기 싫으면 다들 그냥 입 다물고 지켜보기나 하라고."

루돌프의 말에 일부 유저가 미간을 찌푸렸지만 나서진 못했다.

본래 세상이 그런 것 아닌가.

남의 일에 괜히 끼어들어 피해를 볼 이유는 없었으니까.

"좋아, 좋아."

루돌프는 유저들의 반응에 만족하며 다시금 무혁을 향해 시위를 겨눴다.

여전히 방패로 몸을 보호하고 있던 무혁의 입가로 미소가 그려졌다. 루돌프라는 유저의 직업을 파악해 낸 것이다.

분신, 그리고 보이지 않는 화살.

언트루 아처였다. 조폭 네크로맨서나 정령 파이터와 같은 숨겨진 직업이었다.

거짓된 궁수, 보이지 않는 것은 거짓이다. 다만 보이지 않을 정도로 얇고 가는, 투명한 화살이 있을 뿐이다. 분신 역시 만능이 아니다. 대미지의 절반은 본체가 받았으리라.

물론 그 사실을 알고 있다고 해서 딱히 방법이 있는 것은 아니지만 아는 것과 모르는 것은 분명히 달랐다.

자, 그럼 어떻게 상대를 해줄까.

크게 고민할 건 없었다.

물량은 이미 충분한 상태였으니까.

아머나이트, 아머기마병, 돌격.

스켈레톤으로 휘저어주리라.

히드라, 스컬 스네이크, 작은 스컬 스네이크가 꿈틀꿈틀 기어갔다.

"에, 이건 또 뭐야?"

루돌프가 고개를 갸웃거렸다. 그 순간 스컬 스네이크가 뛰어오르더니 허벅지에 붙었다. 날카로운 뼈가 허벅지를 파헤치기 시작했다.

[10의 대미지를 입습니다.]

[10의 대미지를 입습니다.]

루돌프가 어이없는 표정을 지었다.

"아, 놔."

그러면서 한 손으로 스컬 스네이크를 뽑아버렸다.

겨우 20의 피해, 무시해도······.

그 순간 바닥을 기어 다니던 스컬 스네이크가 갑자기 몸집을 불리더니 족히 3배 이상은 더 거대해졌다. 놈들이 어느새 신체 곳곳에 붙어 방어구 사이사이를 헤집고 들어왔다.

[30의 대미지를 입습니다.]×4

엄청난 속도로 HP가 줄어들었다.

벌써 180.

그제야 경각심을 느꼈다.

홀쩍 뒤로 물러나며 몸을 크게 틀었다.

그러자 떨어지는 몇 개의 스컬 스네이크가 보였다. 나머지는 손으로 뽑아 비틀어 버린 후 활을 들어 올렸다.

소환수가 너무 많아.

네크로맨서를 상대하는 방법은 간단하다.

소환사를 죽이면 된다.

순식간에 아스라한에게 다가가 속삭였다.

"소환사만 노려."

"그러지."

조금 더 뒤로 물러난 루돌프가 시위를 당겼다.

파워 업, 절삭력 업, 커트.

세 개의 스킬을 동시에 사용한 후 가만히 기다렸다.

은밀하면서도 신속하게 움직이고 있는 아스라한이 눈에 들어왔다. 그는 어느새 스켈레톤으로 밀집된 공간을 벗어나 무혁에게 접근하고 있었다.

방패로 전신을 가리고 있는 무혁의 뒤로 이동한 아스라한이 단검을 꺼내 특유의 현란한 스킬을 선보였다.

별수 없이 방패를 회수한 무혁이 검으로 응수했다.

캉, 카가각!

불꽃이 이리저리 튀었다.

기회.

빈틈을 노리며 루돌프가 시위를 놓았다.

파아앙!

보이지 않는 화살이 뻗어 나가는 순간 무혁의 움직임이 달라졌다. 제자리를 지키던 무혁이 어느새 아스라한의 뒤쪽으로 이동한 것이다.

"……?"

그 탓에 화살이 무혁이 아니라 아스라한을 노리는 형국이 되었다. 놀란 아스라한이 단검을 빠르게 휘저었다.

보이지 않는, 아니, 보이지 않을 정도로 얇고 투명한 화살이 옆으로 튕겨 나갔지만, 무혁에게 기회를 주고 말았다.

풍폭, 십자 베기.

무혁의 검이 잔인하게 휘둘러졌다.

"크읍!"

충격에 밀려난 아스라한이 바닥을 구르며 다급히 몸을 일으켰다.

멀티샷. 아머나이트1, 2. 강한 일격!

메이지, 전원 마법.

아머기마병1, 가속 찌르기. 아머기마병2, 왼쪽으로.

아머나이트3, 4, 방어.

쉴 새 없는 지휘와 공격을 동시에 이뤄내는 무혁은 그 자체만으로도 이미 일당백이었다.

풍폭, 강력한 활쏘기.

"흐읍!"

화살을 단검으로 막아낸 아스라한이 비틀거렸다. 풍폭을 걸지 않은 평범한 화살을 몇 대 날려 보낸 후.

풍폭, 풍폭, 풍폭. 멀티샷.

다시 스킬을 사용했다.

그러는 사이 스켈레톤들이 다수의 PK 유저를 처리했다.

무혁은 만약을 대비해서 그들이 떨어트린 아이템을 재빠르게 회수했다.

7개.

꽤나 짭짤한 수확이었다.

그 순간 느껴지는 바람에 다급히 방패로 전신을 보호했다.

카칵 하는 소리와 함께 충격이 올라왔다.

무혁은 다시 윈드 스텝을 사용하여 아스라한에게 다가갔다. 그러자 더 이상 화살이 날아오지 않았다.

이 녀석부터 끝낸다.

아스라한이 고개를 들었다.

뜨겁게 일렁이는 시선.

적대감인가? 아니, 조금 다른 느낌인데……

왠지 모르게 부담스러웠다.

이상한 놈.

놈의 주변을 맴돌며 얼마 남지 않은 HP를 조금씩 갉아먹었다.

"아, 진짜 짜증 나네!"

그때 루돌프가 크게 외치며 시위를 당겼다.

팡, 파앙, 파아앙!

엄청난 연사 속도였다.

팡, 파바바바방!

수십 발의 화살이 쏘아졌으리라. 화살은 보이지 않았지만 공기의 비틀림은 보였기에 추측할 수 있었다.

마치 공간 자체가 다가오는 느낌이었다.

일종의 범위 스킬인가? 이건 위험한데.

보는 순간 알 수 있었다.

아머나이트1, 이동.

서둘러 아머나이트1을 앞으로 보낸 후 스킬을 사용했다.

피해 흡수! 방어 모드.

5천에 달하는 피해를 흡수하는 방어막이 생성되었다. 보이지 않는 화살이 날아왔지만, 방어막에 막혀 버렸다.

타당, 타다당!

하지만 5천이란 수치가 생각보다 더 빨리 줄어들었다. 조금 막아낸다 싶었는데 어느새 부서지고 말았다. 결국, 나머지 공격은 아머나이트1이 방패로 막아낼 수밖에 없었다.

['아머나이트1'이 150의 대미지를 입습니다.]

['아머나이트1'이 149의 대미지를 입습니다.]

......

방어력도 높고 방패로 충격을 70퍼센트 가까이 흡수했음에도 한 번의 공격에 150이란 HP가 줄어들었다. 문제는 여전히 피해가 이어지고 있다는 사실이었다.

더 이상 지켜볼 수만은 없었던 무혁은 아스라한에게서 물러난 후 검을 활로 변형했다.

풍폭, 강력한 활쏘기.

저 멀리에 위치한 루돌프를 노리며 시위를 놓았다.

파앙!

쏘아진 화살을 막아내기 위해서라도 루돌프는 공격을 멈출 것이다. 무혁은 아스라한을 마무리하기 위해 다시 놈에게 다가가 공격을 퍼부었다.

"크, 크큭!"

연신 뒤로 밀리면서도 아스라한은 웃었다.

"정말 대단해. 놀라워."

괜한 소리에 대답하고 싶지 않았다.

"이것만 기억해라."

"……"

"난 다시 찾아올 것이다."

결국 무혁도 한마디 내뱉고 말았다.

"미친놈."

검으로 머리를 후려치면서 말이다.

아스라한은 또다시 로그아웃을 당했고 놈이 떨어뜨린 아이템을 주워들었다.

티셔츠?

옵션은 확인하지 않은 채 인벤토리에 집어넣었다.

고개를 돌려 보니 미미하게 스켈레톤들이 밀리고 있었다.

그때 누군가가 끼어들었다.

"히아아압!"

성민우였다. 그는 정령 12마리와 함께 적진을 누볐고 덕분에 한결 여유가 생겼다.

"아, 우리도 돕죠."

"그래야죠!"

일루전의 세계 관계자들도 끼어들었다.

너무 갑자기 벌어진 전투.

게다가 무혁의 압도적인 실력에 잠시 넋을 놓고 있었던 그들이었다. 뒤늦게 정신을 차리며 전투에 난입했다. 덕분에 상황이 조금 더 우세해졌다.

나쁘지 않아.

누군가와 함께한다는 건 기쁜 일이다. 큰 어려움을 나눠 누구나 해낼 수 있는 일로 만들어버리니까.

"민우야, 애네 잘 막고 있어라."

"당연하지!

무혁은 희미하게 웃으며 걸음을 내디뎠다.

윈드 스텝.

나머지 유저는 개의치 않는다.

단 한 명, 저기서 여전히 시위를 당기고 있는 루돌프만 처리하면 된다. 머리를 베어버리면 몸통은 스스로 무너질 수밖에 없을 테니까.

"하, 진짜!"

다가오는 무혁을 바라보며 루돌프가 허탈하게 웃었다.

"그렇게 만만하진 않을 거야!"

그러면서 시위를 놓았다.

파바바방!

날아드는 보이지 않는 화살을 피하기 위해 무혁은 지그재그로 움직였다. 빠르게 원을 돌면서 서서히, 아주 서서히 거리를 좁혀 나갔다.

이쯤에서.

무혁은 화살을 한 대 쏘아 보냈다.

공격에 집중하던 루돌프가 흠칫하며 바닥을 굴렀다.

은신.

그 순간을 노리며 스킬을 사용했다.

무혁의 모습이 사라졌고.

"……."

루돌프는 짜증 나는 표정으로 주변을 훑었다.

쉽사리 움직이지 못하리라. 어디서 나타날 것인지 전혀 알 수 없었으니까.

거리를 충분히 좁힌 무혁이 활을 검으로 바꿨다. 약 두 걸음을 남겨둔 채 루돌프를 가만히 쳐다봤다. 그는 눈동자만 데굴데굴 굴리면서 상황을 파악하려고 애쓰고 있었다.

그 신중한 모습에 무혁 역시 긴장해야만 했다. 조금이라도 성급하게 움직이는 순간 루돌프가 기척을 읽어낼 것만 같았기 때문이다.

까다롭군.

하지만 자신은 있었다.

한 걸음만 더, 여기라면 놓치지 않을 터.

풍폭, 십자 베기.

갑옷으로 보호받지 못하는 목을 노리며 검을 휘둘렀다.

[크리티컬이 터집니다.]

[1,660의 대미지를 입힙니다.]

[2,188의 추가 대미지를 입힙니다.]

크리티컬이 터지면서 대미지가 뻥튀기되었다.

"흐읍!"

놀란 루돌프가 다급히 스킬을 사용했다.

퍼엉.

연기와 함께 그가 둘로 나뉜 것이다.

분신이라.

순식간에 뒤로 거리를 벌리는 두 명의 루돌프를 바라보며 무혁이 피식 웃었다.

분신을 공격하더라도 50퍼센트의 대미지가 들어가기에 머뭇거릴 이유가 없었다. 그냥 움직이기 편한 오른쪽 루돌프를 쫓아가 빠르게 따라잡은 후 공격을 퍼부었다.

방어하는 눈앞의 루돌프를 잠시 바라보다 고개를 틀어 반대 방향으로 멀어지고 있는 루돌프를 향해 손을 내뻗었다.

죽은 자의 축복, 뿜어진 보랏빛이 루돌프를 휘감았고.

"아, 젠장……!"

한마디 욕설과 함께 그가 자리에 멈췄다.

"진짜 빌어먹게도 세네."

"흐음."

"으아아아, 짜증 나!"

그렇게 소란을 떨더니 희미해졌다. 죽어버린 것이다.

무혁은 고개를 저으며 루돌프가 죽은 장소로 향했지만 아이템이 보이지 않았다. 순간 고개를 갸웃거리는 무혁이었다.

안 떨어뜨린 건가?

분명 눈동자가 붉었다. 그럼 아이템은 100퍼센트 떨어뜨리게 되어 있다.

그런데 왜?

그 순간이었다.

반짝.

무언가가 빛을 뿜고 있었다.

이건?

모래와 함께 집어 들었다. 조심스럽게 모래를 털어내고 남은 것은 살펴보니 그것은 아주 작고 가늘며 또한 투명한 한 대의 화살이었다.

to be continued